你是落在我生命里的一束光

王利萍 著

陕西新华出版传媒集团
太白文艺出版社·西安

图书在版编目（CIP）数据

你是落在我生命里的一束光 / 王利萍著. -- 西安：太白文艺出版社，2023.1
ISBN 978-7-5513-2239-3

Ⅰ．①你… Ⅱ．①王… Ⅲ．①散文集－中国－当代 Ⅳ．①I267

中国版本图书馆CIP数据核字(2022)第168665号

你是落在我生命里的一束光
NI SHI LUO ZAI WO SHENGMING LI DE YI SHU GUANG

作　　者	王利萍
责任编辑	黄　洁
整体设计	悟阅文化
出版发行	陕西新华出版传媒集团 太 白 文 艺 出 版 社
经　　销	新华书店
印　　刷	成都市兴雅致印务有限责任公司
开　　本	880mm×1230mm 1/32
字　　数	162千字
印　　张	6.5
版　　次	2023年1月第1版
印　　次	2023年1月第1次印刷
书　　号	ISBN 978-7-5513-2239-3
定　　价	58.00元

版权所有　翻印必究
如有印装质量问题，可寄出版社印制部调换
联系电话：029-81206800
出版社地址：西安市曲江新区登高路1388号（邮编：710061）
营销中心电话：029-87277748　029-87217872

序　言

"落花无言，人淡如菊，书之岁华，其曰可读。"（司空图《诗品二十四则·典雅》）

阅读王利萍女士的散文新著，朴素的文字，平实的叙述，流畅、自然、清新，宛如置身于司空图所描绘的境界：细雨初霁，深山鸟鸣，落英缤纷，幽人如菊，令人油然生出一种平淡从容之感。

这部散文集，收录王利萍新作约八十篇，篇幅都短小精练，就像一盘珍珠，粒粒滚圆饱满，闪烁着莹洁的光辉。在王利萍的笔下，没有跌宕起伏坎坷曲折的人生故事，也没有风花雪月无病呻吟式的吟哦，更没有口号式的标榜和空泛的说教。她用洗练简洁的笔墨，白描式记述了生活中平凡的经历，那些隐藏在岁月中的点点滴滴，被描绘得丰富、有趣而又朴实，读来仿佛日日见面的熟识朋友在与你品茶聊天叙家常般顺畅。她用点睛之笔，记录下内心对生命的感动和体悟，真实自然，却又闪烁着智慧之光。她是如此热爱生活，在她眼里"止语的日子，连时光都是美的"。她的心，是丰盈而愉悦的。"今夜，就这样任岁月静好，任流年似水，任夜色撩人，任秋风含笑，在岁月与流年里，做一个随风起舞悦而不归的孩子，又何妨！"（《斟一杯薄酒，和岁月干杯》）她的感情世界是细腻丰富而深沉的。她的人生感悟是深刻而温暖的。她的生活信念是那么阳光、坚强。"人生在世,别把自己当作盆花,活得那么娇柔,那么不堪一击。活着,只需要好好地活就行了,不需要太多的大道理,就像芦荟一样坚强地活着就行,不娇气、不矫情地活下去,不动声色地活出自己的一片天地。"(《像芦荟一样活着》)

当然,生活在凡尘世界中,她也没有不食人间烟火,每天也要面对家庭的琐事,要照顾日渐年迈的父母,要直面轮回中的生老病死,要处理职场复杂的人事关系……所以,她的文字间或有些许颓丧,些许迷茫,甚至带有一点淡淡的惆怅和忧伤。但是,这恰恰增加了文字的厚度,让我们看到了一个立体的王利萍:身在红尘泥淖中行走,心却追逐着白云,追逐着太阳,高傲地在九天之上飞翔。"人间路跌宕,风雨躲不过。在自己的灵魂深处长一条壁虎的尾巴吧,让它拥有平衡与再生的能力,在面对艰难与危险的处境时,让自己依然能够勇敢前行……"(《长一条壁虎的尾巴》)这些倔强而通透的文字,无一不是在向外界传递着一种达观坚强的人生态度,坦然又不失真诚。王利萍善于观察,善于捕捉细节,能从平凡琐碎里发现闪光点,品咂出独特的人生况味;她的内心有着作家特有的敏感,当疾病、灾难来临的一刹那,敏锐的感受和深刻的体悟,总能令人产生一种历尽波折的精神超脱感。

王利萍的文字既流畅优美又温暖深情,贴合读者生活的同时,也散发着自由浪漫的气息,洋洋洒洒十余万字的散文集,就是一条流淌的小溪,时而缄默无声,时而浪花喧腾;时而静水流深,时而一泻千里。字里行间洋溢出亲友间的浓浓的情意,以及对生命的热爱,对美好生活的珍惜。她带领读者,用心感受我们曾经熟视无睹的一切,传达出"得之坦然、失之淡然、顺其自然"的人生哲学。

我与王利萍女士素未谋面，循着她清新淡雅的文字，一个如诗般的女子呼之欲出：诗意盎然却又朴素真实，浪漫洒脱却又很接地气。有着菊花的清静淡泊，有着莲花的洁净自持，也有着山花野卉的烂漫恣肆。这样的女子，历经万千俗事，内心却不染纤尘，既可以静室晤对谈诗论画，婉约如唐诗宋词里的女子；也可以"开轩面场圃，把酒话桑麻"，平实如邻家小妹。生活中，我们喜欢这样的女子，纵使生活忙碌，也不忘闲暇时品一杯茶，翻几卷书，写一些深情的文字，将生活渲染得舒适而诗意。这样的女子，是人间一道别样的风景，不只因为她貌美如花风姿绰约，更因为她懂得并深爱生活，用一抹微笑面对艰辛和坎坷，用一往情深感悟生命的长河，把平淡无奇的日子过得有声有色。我想，文字另一端的王利萍，就应该是这样子。

"勿以有限身，常供无尽愁。"真正的智者，在尘世烟火中修一颗淡定从容之心，以不慌不忙之姿迎接一切痛苦与欢乐，真诚待人、豁达处事、努力生活，唯其如此，才配得上一切的美好！

时光清浅，岁月易老，心内那一方澄澈淡然，一隅书香沁怀，才是真水无香的不老世界，祝利萍的世界永远美好。

赵春秋
2022年5月于北京时晴堂

（赵春秋，教育学博士，现任中国人民大学画院教学部主任、文化和旅游部青年联合会美术工作委员会委员、中国教育电视台"最美教育奋斗者"光荣称号获得者。出版有《中国实力派美术家赵春秋》《赵春秋国画艺术》《赵春秋冰雪画选》《中国书画百杰赵春秋作品选》等二十多部著作）

目 录
CONTENTS

做个开心人 / 001
总以为来日方长,却随时江湖相忘 / 003
活成一道光 / 006
与每天的生活,握手言欢 / 008
找到爱的原动力,精准发力 / 010
在不幸扎堆的地方,感受幸运 / 013
用爱的方式表达爱,请让爱免除伤害 / 016
余生陪你慢慢走 / 019
纵是无言情也深 / 021
每个人都是生命的勇士 / 023
父亲眼里波涛汹涌的泪水 / 026
一门之隔的等待,却恍若隔世 / 028
像你爱我一样地爱你 / 032
他们的这片天不能塌 / 034
我拿什么报答您,我亲爱的妈妈 / 036

愿你余生，每天都能从心底发出微笑 / 039
携一颗感恩的心，勇毅前行 / 041
在沉默中守心，在接纳中从容 / 044
努力修心 / 047
先把自己活明白 / 049
在独处中，遇见自我 / 052
专注一件事，提升幸福力 / 054
我用一生品读您 / 057
松开手掌，便是舒坦 / 062
最美的时光，往往在回忆里 / 064
八百里相送的情谊 / 066
穿越阴影，迎着光倔强生长 / 068
爱的较量，不分输赢 / 071
最难的课题，就是守住自己 / 074
命里幸福缺多少 / 076
过小年盼大年 / 079
有趣的孤独 / 081
知足常乐，获得真正的自由 / 083
永不起皱纹的灵魂 / 086
此刻正好，未来同样可期 / 088
超越功利的爱 / 090

只要向前走，就无愧于出发 / 092
像八月的桂花一样自由芬芳 / 095
收拾好爱的行李，带自己回家 / 097
谁的人生没有伤 / 099
静静的美好人生 / 101
及时"打气儿"，奔赴美好的下一站 / 103
你是我怎么都不会弄丢的人 / 106
学着照顾好自己 / 109
岁月不负韶华，土地不负汗水 / 112
不是难办，而是你从来就没有去办 / 114
人生多半为闲情 / 116
把泥坑踩成康庄大道 / 118
怀揣一颗喜乐心，悠然前行 / 120
最好的岁月 / 122
赠君一枝梅 / 124
掀开记忆的酒窖，醉回当年 / 126
人间至味是清欢 / 130
每一次遇见都是良缘 / 132
爱的连锁反应 / 134
斟一杯薄酒，和岁月干杯 / 137
我愿带着千军万马缴械投降 / 140

余生，请先爱自己，再爱他人 / 142

爱的力量，可以更替了季节 / 145

人与人之间的善意，一定能比得过三月的春风 / 148

请不要把不幸活成了习惯 / 151

以自己想要的方式，走完人生的旅程 / 154

如果真能学会认怂，也算是一种了悟 / 156

把自己活好，也是一种责任 / 158

如果可以爱，请给予爱 / 160

认真活一回 / 163

青春无悔 / 166

聊得来与聊不来 / 169

像芦荟一样活着 / 172

团圆时节，为爱回家 / 174

我该多有福，才能遇见你 / 177

生活的美丽，就在于成全一次次小欢喜 / 180

光阴流转，不能忘却的是那隔山隔海的约定 / 182

人生路，慢慢走 / 184

一个人，暖乎乎、欢腾腾、乐呵呵 / 187

长一条壁虎的尾巴 / 190

人生，就是一场和自己的斗争 / 192

落在生命里的一束光，让我鲜活地生长 / 195

做个开心人

新年伊始,我觉得最好的梦想莫过于做个开心人。

因为,这是唯一一个可以通过我们个人的主观努力,就可以实现的梦想。

有些梦想,靠主观努力也未必能实现。比如大家每天念叨的升官发财,父母整天念叨的成年儿女的结婚生子等,这些梦想的实现除了主观因素,还有许多客观原因,个人不好把握。在所有的梦想当中,相比较而言,还是做个开心人最容易、最实际。

一个人只要保持开心的状态,就基本上啥事都能做成。保持一份愉快的心情,不但能提高做事的效率,也能提高自身的创造力。

所以,不论你是谁,不论你做什么,开心最重要。

在有的人看来,或许官大钱多,更容易达成一些愿望,更容易靠近梦想,也更容易获得快乐和幸福,但事实却未必。开心不开心,和你是谁没有关系,和地位高低没有关系,和官职大小没有关系,和金钱多寡也没有关系。

不论你是谁,每个人都有自身所处位置的使命。

你不必羡慕谁，也不必轻视谁。各自有各自的理想，各自都有各自的无奈；各自有各自的自在，各自都有各自的局限；各自有各自的容易，各自都有各自的困境……

小确幸，好实现。

大目标，则需要时日。

不管是谁，都不要失去快乐。开开心心地做事，踏踏实实地努力。既不要好高骛远，也不要妄自菲薄，与其在不切实际的空想里烦忧，不如脚踏实地，一步一个脚印地向前走。只要不气馁，一个劲儿地往前走，再长的黑夜也终将在黎明的那一抹晨曦里终结。

生活不易。单单就活下去，就需要偌大的勇气去战胜生活的重重考验；要很好地活下去，就更加需要无穷的勇气、精力和创造力。

且不管明天会如何，不如先做个开心的人吧，开心地去努力，至少离梦想又近了一步……

总以为来日方长，却随时江湖相忘

明媚的春日早晨，朝霞还没有升起，黄鹂还没有开嗓，春风还没有展示它的妖娆，一双惺忪睡眼还在眯瞪中的我，就被墙外接二连三叫魂般的喊声吵得瞬间清醒了。

"家里有人吗？家里有人吗……"墙外的喊叫声，声声催人急。

"这谁啊？咋的啦？这大早上的干啥呢？"我在心里嘀咕了一下，赶紧拿起口罩边走边戴，猛地打开阳台上的门，向外张望。

透过铁篱笆空隙，我望见一张陌生的中年妇女的脸庞。

"您是……？"我迅速上下打量了一下，不像是物业人员，也不像是居委会工作人员。

"阿姨，有事吗？咋了？"我先张口询问。

"没事，就是看你们家月季长得不赖，可以让我剪点枝回去移栽吗？"墙外的这位阿姨说。

"哎哟，我的天哪，我以为咋的啦，这大清早的，您……"我不由得呼出一口大气。定定神，只见这位阿姨一手拿着大铲子，一手扒着我的篱笆，脸挤在铁篱笆缝隙里，一脸期待地向我张望着等待回复。

"阿姨，我可以给您剪一枝，但您拿回去也扦插不活，这都是刚刚发芽的新枝，放进土里几天就会沤烂。扦插月季，需要剪去年的老枝条，在冬季或者初春时节扦插比较好成活。您看这几株，全是新发的嫩芽，年前冬季的时候，我已修剪过了，剪得非常秃，从根部彻底剪光了，就是想让它今年发新枝。您看这几株，全是刚刚长出来的，已长花苞，很快就会开花了。"我指了指早被我剪过枝的每株仅剩三四枝的月季枝条，回复等待答案的阿姨。

"要不这样吧，今年秋冬再剪枝时，我给您留着，到时候您来剪就行了。另外，我的桂花枝条比较茂盛，可以给您剪一些，还有我这满院的薄荷、艾草、伤力草，都可以挖一些给您，如果您想要的话，拿回去移栽。"

"好呀好呀。"阿姨刚刚略微失望的心情，瞬间愉悦起来。

我回屋找来铲子、大剪刀和手套，每样给她刨一些，每株植物带着自身生存的原生泥土。这样，她回家栽进土里洒点水就容易成活了。

"别刨恁多，俺家的小院小得很，没有你家的院子大，栽不了几株。"阿姨看我一个劲地给她刨，刨了这又刨那，她知足地制止了我。

刨好后，我怕她不好拿，又跑回屋里找了个大塑料袋给她装好。

看着这位阿姨心满意足离开的背影，我心怀感恩和庆幸。幸亏她提前告知了我。若是碰上没礼貌的人不打招呼就擅自剪走，不仅她剪回去无法移栽成活，我也同样失去了观赏今年第一茬花的机会。

站在院子里，默默地看着随风摇曳的花枝，突然有一种"失而复得"的幸福感。

人就是这么奇怪。

月季花每年至少花开三季，我也没有感觉有什么了不起，甚至在它们最娇艳的时候都没有多看它们一眼。可是就在此刻，当我意识到它们差点被人"盗"走的时候，突然有点异样的感觉。

哎，这就像人一样，有的人天天在眼前晃悠的时候，你未必能感受到其存在的意义，以及他的存在带给你的美好，而一旦当你意识到将要失去的时候，那种瞬间被激发升腾起来的恐慌与不舍，才会让珍惜和感恩的情愫成倍地递增。

"人生若只如初见，何事秋风悲画扇"。此诗此境，对应的不仅仅是人，这世间万物皆同此理。

人生的幸福，大抵不过如此：喜欢并善待已经拥有的，放下并遗忘已经失去的，憧憬但不奢望未来没来的。

以忘昨惜今的淡然与坦然，过好每一个今天、每一个此刻，就是最大的智慧与成功。

我们总以为凡事都会来日方长，可现实却是随时都有可能江湖相忘。那就以慎终如始的心情，珍惜眼前与此刻拥有的一切：人、事、物、情。

不畏不惧，不贪不妄。

坦然放下，微笑迎接。

你在，始终如一；你走，江湖相忘。

或许，这就是最好的生活态度。

活成一道光

弟弟的年假即将结束，临走之前，他决定请我和小妹吃饭，我爽快答应。

其实，不到万不得已，我并不喜欢在外面吃饭。餐具消毒没消毒，谁也看不见；食材卫生不卫生，谁也说不清……这些也就罢了，关键是在特殊时期，还是少在公共场合聚餐为好。

后来，我给弟弟和小妹说好还是由我在家做饭。午饭前，我在家做好了饭，我自认为我做的饭还不算太难吃。菜虽不多，但精致。中西结合，荤素搭配，冷热兼具，水果与干果拼盘，好吃又好看……可谓一应俱全。一顿饭花费了我两个多小时的时间和精力。为亲人或心爱的人用心做顿饭，看着他们津津有味地品尝与享受，本来就是一件快乐且美好的事。

我觉得，在如今物资丰富的年代，人们吃的不仅仅是饭，更是彼此内心真切感受到的一份情，一份爱，一份暖。

我虽然非常不喜欢围着锅台转，但是偶尔露一手，觉得还是很有乐趣的事。所以，为了这偶尔的一次亮相，我把自己的看家本领都拿出来了。我喜欢做煲仔饭，可惜平时人少锅大，我很少去做这道饭。

人到齐后，一打开锅盖，色香味俱全，煲仔饭出乎意料地深受欢迎。吃的人酣畅淋漓，当然最开心的莫过于大厨。

做饭的最大乐趣与美妙之处，真的不在于自己吃得如何，而在于别人吃得怎样。只要吃的人感觉满意，做的人就有幸福感。

兄弟姐妹一致赞叹："有的人怎么能这样呢。走出家门自成一道风景，回到家中又能创造风景。"

虽然夸奖的力度有点猛，但看着被他们一扫而光的碗盘，即便劳累几个小时还是感觉很欣慰的。

我特别喜欢这样一种人生状态和生活方式：走出家门，工作上有事业心；回到家里，生活中有烟火味。在不同的环境中，都能有进取心，都能充满乐趣。身处每种状态与环境中，都能使自己的生命活得酣畅淋漓，饱满丰盈，不枉费、不浪费美好的生命与生活。

我喜欢这样美好的人。

他们既知足又知不足；既入世又出世；既敏锐又钝感。不颓废，不贪婪。有理想，有情趣。与这样的人相处不累，怎么样的姿态都舒服。

你尽管交付你的真心，你尽管去做真实的你自己，不必害怕被算计，不需要多长心眼。因为这样的人根本不屑于算计人，更不会伤害你。即便知道你所有的缺点，也永远不会戳你的软肋。跟这样的人相处，你永远不必设防。

这样的人，活得很飒爽很带劲儿。他们不在乎别人妒忌不妒忌，羡慕不羡慕，舒服不舒服，服气不服气，他们就只管那样活，活得善良，活得漂亮，活得通透豁达。

这样的人，不论怎么活，生命都是一道光。因为他们自带光源，走到哪里都放光。

这也是我始终不渝的追求。

与每天的生活，握手言欢

这一生，很短又很长。

时常感觉人生无常。

一生很短，短到一刹那便是永恒，一个不小心就错失了所有。

因此，我从来不敢荒废青春与岁月。

我只想安分守己、兢兢业业地做好当下的每件事情，做一个懂规矩、守纪律的人，每时每刻都把每件小事当成此生只此一份的值得奉献全部热情的事业去努力。

唯有如此，内心才会多一份安心与踏实。

时常感觉人生漫长。

一生很长，长到熬成地老天荒，需要你挨着日子细数分秒。

因此，我从来不敢迁就于生活与爱情。

做一个简单的人，干一份喜欢的事，有一个喜欢的人，如此，一年四季冷暖皆宜。相互守护着欢喜与温情，每一个日落晨曦都能在春夏秋冬的轮回里，用无时不美的心情静享无边的甜美与温情。

至此，内心就多了一份安稳与妥帖。

学着包容，笑纳与爱这世间的一切：幸运与不幸、炎凉与温情。

修炼一颗饱满丰盈的心，让它不受尘世的侵扰，让它平和安宁，让它富足空灵。

如果一个人的心是饱满温润丰盈的状态，那么经历的世间交错纵横的沟壑，都必将成为通幽的曲径。在所有的沟壑面前，我们都会云淡风轻地走过，然后把它变成路过。

在这光怪陆离的人世间，要知道，爱恨聚散、福祸成败，皆有因缘。

我们所能做的，就是接纳。

能够与每天的生活握手言欢，就是最大的了不起。

许多时候，你不需要去争。该是你的，岁月会如数奉还。不是你的，你再争也没用。

你，只需做好你自己。

用一颗简简单单的心，做一个善良、大气、钝感的人。

一生很长亦很短，以自己的方式，不慌不忙地行走于岁月之中，不卑不亢地行走在人群中，不俯不仰地行走在生活中。一切自有安排。

不哀，不怨。

平和，静气。

或许，这是岁月赏给我的，是我所能领悟收到的生活的启示，就像雨后的早晨辽阔天宇投射过来的最美妙的一抹霞光，映衬着我无限美丽的生命旅程……

倘若如此，此生足矣。

找到爱的原动力，精准发力

"老小孩，老小孩"，顾名思义，人老了就像小孩。对待老人，要像对待小孩一样，得哄，既要用心用情，还要找到爱的原动力。只有精准发力，才能事半功倍。

趁着春光正好，我逮准时机就下楼"遛爹"。

这两天，我和弟弟交换了阵地。弟弟在病房内陪护妈妈，我在病房外陪着爸爸，顺带参加我研究生课程的考试。

为了给我一个安静的考试空间，爸爸到点就赶紧出去，一个人坐在走廊的椅子上，把房间让给我考试。直到我交了卷出来喊他，他才会回到房间。

每次把爸爸一个人关在门外，心有不舍，可也无能为力。考试有规定，必须在独立密闭的房间，自然不能带爸爸参加。

每次考完试，我就会马不停蹄地带着老爸下楼，出去遛遛，陪他转转，以弥补自己把他一个人关在门外的愧疚。每次带他到楼下遛遛腿，都需要连哄带骗的。由于身体原因，爸爸走起路来确实费力，可是正因为如此，才更需要锻炼。

春光正好，正是锻炼的好时节。

我说:"爸,我交卷了,咱下去遛遛腿吧?"

"不去了吧!还去吗?"爸爸怯怯地说。

语气中既有征求意见的意思,又有几分不敢生硬拒绝的成分。就像小时候的我们征求他们的意见一样,既有不敢直接回绝的怯弱,又有不想服从的犹豫。

"你感觉很累吗?腿疼吗?"我试探着问。

"不累,也不疼。"爸爸坚定地说。

"既然不累,那就下去走走吧。我都在屋里窝一上午了,正好陪我一起晒晒太阳。"我温和地征求爸爸的意见。

"快吃饭了,还去转吗?"爸爸还在弱弱地坚持。

"吃饭还得一个小时呢。咱不走远,就在楼下院子里走走。"我还在坚持我的态度。

"疫情恁严重,下去转不安全。"爸爸还在努力坚持自己不想去转的态度。

"没事,楼下院里没有外人,我观察过了,几乎没人转,都是停好车就离开了,而且车也不多。你看,阳光多好,花开得也好。"我通过窗户指着楼下的院子。

"那下去走一会儿吧。"爸爸看我的态度如此坚定,估计抗衡不了了,于是决定随我下去转转。

到楼下,我带着爸爸走到一棵开花的树前,问他:"知道这是啥树吗?"

"玉兰。"爸爸说。

"来,站到下面,我给您拍张照片。"我指挥着爸爸站直,抬起头,直起腰。

拍完照片,我随机引导说:"我看你的腰没有弯,以后走路就像这样抬起头直起腰,把胳膊甩起来,把步子尽可能地迈开,迈大步。走,像我这样,先跟着我走十圈。"我在前面迈大步走着,让爸爸跟随着。

011

我时而走得快，时而走得慢；时而走在前面，时而走在后面。

"抬起头，直起腰，迈大步，甩开胳膊……就这样走，我给您录一段视频让奶奶和妈妈都看看。"我一说让奶奶和妈妈都看看，爸爸的步子走得更有力了。

我不失时机地鼓励他："前天，我和奶奶视频，奶奶问你怎么样了，吃的药有效果没有，走路比以前强点儿没有……我说，强太多了，现在你能一口气走一公里了，回家都能背着奶奶出去遛大街了……"

爸爸听到这，哈哈地笑了起来。

我知道，奶奶和妈妈就是爸爸的原动力。所以，一提到奶奶和妈妈，他就走得坚定而有力。

走累了，让他停下来歇歇，我给他捏捏肩、捶捶背，拽拽胳膊拉拉筋，顺便再做做思想工作，让他鼓足劲头，以便更好地投入下一轮的锻炼。

小孩需要哄。其实，老人也需要哄。哄好了，他就听从安排；哄不好，或者方法不对，就起不到作用。哄，需要耐心和爱心，只要融入这"两心"，老人是能够感受到儿女的孝心的，就会积极配合。只要愿意配合，凡事就好商量。同时，还要找准着力点，精准施策和发力。

一路走，我一路做着爸爸的思想工作。

"爸，趁着春光正好，阳光明媚，天气越来越暖和，一定要多出来走走，多到阳光下锻炼锻炼，你的身体一定会很快恢复到以前大步流星的状态。走起路来健步有力，哪怕五百米开外，我听脚步声都知道是俺亲爹回来了……"

"哈哈哈，好……"爸爸被我逗得开心地笑了起来。

在不幸扎堆的地方，感受幸运

　　人们常说，想让自己感恩知足，看透人生，那就常去两个地方：一是医院，二是火葬场。

　　只有到了这两个地方之后，你才会真正明白：人生真正的幸福，并不是你有多少钱，你要当多大官，而是躺在这里的没有你的亲人。你有再多的钱，首先你得有命去花；你当再大的官，首先你得有能力去担当。

　　钱，只能让你的生命多延续一些时日，但并不能买来健康。所以，请务必重视现在拥有的健康，别一味地消耗它。当有一天，一旦失去它，钱最多帮你续命，未必能换回你健康时的高质量的快乐。

　　躺在病床上之后的快乐，都是相对论了。

　　不到那里，不知道那里的不幸何其多。

　　来到医院这十九天里，医院每天人来人往，拥挤不堪。病房里、过道里、走廊里、电梯里、大厅里、院子里……就没有一处宽松的地方。

　　其实到这一步，已经是人生的无奈和无能为力了。如果可以，没有一个人会自愿主动到这里来"修行"。每天病房里的人，一个个地走，一个个地来。这边刚出了院，那边空床上立马安排上了新的病号。我不知道该怎么形容这种"繁华"。这里越"繁华",说明人间不幸者越多。如果可以,我祈祷有一天,医院变成世间最萧条、最冷清的地方。

我这个人,向来不爱和别人攀比,别人的好与不好,我都既不羡慕,也不鄙视。

过好自己的人生就好了,何必与别人攀比呢?各人过各自的人生,不同的起点,不同的路径,不同的轨迹,必定是不同的结局。

好与不好,幸与不幸,都是自己的造化,与他人无关。

不必妒忌他人的好与幸,也不必鄙视他人的不好与不幸,其实都与自己无关。

自己的人生路,跌宕或者顺畅,都是自己必须经历的旅途,是自己独一无二的风景,走好自己的路,因为每一步都算数。

所以说,生命中的好与不好、幸与不幸,都与他人无关。

莫喜。

莫悲。

莫妒。

莫怨。

每个人都有属于自己的命数,也都有自己的路数,没有任何可比性!

每天在病房里,看到邻床的病号来来走走,与妈妈同一病房邻床的阿姨是医院的"常客",需要定期来做化疗;另一位比我稍微年长几岁的大姐,因为肿瘤长在血管上,手术充满了风险;还有一名病号,手术后引流管戴了好多天;还有走廊里那些挂着引流管与尿袋在散步或锻炼的男女老少……

医院里不分贵贱,不管你是谁,病了都跑不掉,躲不开……

回头看一看病床上躺着的妈妈,虽然用医生的话说"来得有点儿晚",但至少到医院会诊之后,主治医生立即就拿出了手术方案，术后三天就拔掉了引流管，现在就等伤口愈合好出院回家休养，下一步只需定期来复查即可……

这么一看，我才知道，我们才是不幸中的幸运儿……

顿时，内心的幸福感油然而生。想到妈妈病情好转，我忍不住嘴角上扬，笑得像一个没心没肺的傻瓜……

用爱的方式表达爱,请让爱免除伤害

明明深爱着对方,却常常不会以爱的方式表达。有时候,明明是关爱,却在出口时变成了伤害。

再亲再爱的人,也需要我们的温柔与善意。

学着让爱以爱的方式进行,让爱以爱的形式表达吧。只有学会了表达,爱才会充满温情、温暖和温度。

表达爱也是一门高超的艺术。

平日里,我们常常把客气给了陌生人,把不客气给了最亲最近的人。正是因为不客气,我们才口无遮拦,又在口无遮拦中,对亲近的人造成了许多不必要的伤害。

前天,妈妈突然说道:"手术以来,我都没有吃饱过。"

看着妈妈委屈的模样,我瞬间惊诧。可以说,我的内心顿时五味杂陈,一时间竟不知如何处理彼此的情绪。

我知道,她吃不饱,是由于我故意没有让她吃饱。这么做也是遵照医嘱,医生有交代,饭不能吃饱,要节制,要减体重,不减体重的话,身体负荷太大了;同时也是为她能慢慢减下体重做铺垫。我想趁她现在输的有营养液,尽量让她减少进食量,能保证身体需要的营养即可,不必过多进食。既然已经饿半个月了,胃的容量已经在缩减,现在开始减饭量,进而减体重,是再好不过的时机。

妈妈手术后的第三天,才可以进流食。五天后,才可以正常吃饭。看在她好多天都没吃饭的份儿上,我让弟弟跑了好远,专门找了家正宗的馄饨店给她买了份馄饨。

我说:"别吃恁多,第一次吃面食和肉,悠着点儿。"

妈妈说:"我光吃稠的,不喝汤了。"

"就是不让你吃恁多稠的,让你多喝点儿汤呢。"于是,我边说边把馄饨往外舀出来一些。

她看我一直往外舀,估计是烦了,不高兴地说:"你们就怕我吃,我都没吃饱过,别舀了,不吃了。"

"不是怕你吃,而是怕你吃多了不消化。一直躺着不运动,不消化不是更难受嘛。再说了,天天吃太饱,又怎么减体重?"

一时间,我觉得妈妈竟然不理解我的良苦用心,我也有点小情绪。

"随你吧,不管了,想吃多少吃多少。"我佯装生气,站起来走了。

后来,小妹对我说:"你走后,妈妈吃几口就放下了。妈妈说你都生气了,不能吃多了,吃多了不好。"

我听了,感到欣慰的同时,也很内疚。对老人,哪能用不耐烦的态度呢?有话好好说,不行吗?

从近期看护老人,我悟出了一个道理:其实啊,老人无异于孩子。我们得慢慢来,哄着来,多讲道理,少发脾气。

人生就像一个轮回。

这一幕和三十多年前,他们管教我们的时候一模一样。

我现在都能清楚记得当年的父母,要求我们时的模样。

他们说得最多的就是"这不准""那不行"。

那时候的我们,也不理解,也不认同,也不满意他们的严厉和严格,也都有自己的意见需要表达,自己的想法需要被理解,也会抗议,即便抗议无效。

想到这,我突然笑了。

妈妈今天的不理解与小情绪,同三十年前我们对父母的不理解和小情绪如出一辙。我现在不高兴于她的不听话,或许就像当年他们不高兴于我们的不听话一样。

我告诉自己,多一些耐心,不要重复当年他们对我们的方式,更不能让老人在我们面前战战兢兢,谨小慎微,给他们多一些包容,多一些温柔。

愿我们都能以爱的方式表达爱,以温柔的方式表达关怀,用温暖的方式传送温暖。

爱就用爱的方式,请让爱免除伤害。

余生陪你慢慢走

近一段时光,是我成年后唯一一次和妈妈单独相处最长的时光。

若不是命运的"馈赠",我可能永远没有这么多时间陪她一起走一段属于我俩的时光。

既然命运把这份"幸运"赠予我,我欣然接受。

妈妈受罪,我却只能眼睁睁地看着、陪着,一点儿也代替不了。

可能是母子连心,或许是老天"厚爱",陪妈妈来到医院的第二天,我就毫无预感地病了。咳嗽得寝食不安。一咳嗽,立马汗水湿透全身。

躺在病床旁边的地上,咳嗽得让妈妈也无法安睡。

妈妈把自己的被子往下拉,耷拉到地上,给我盖上一半。看我夜半咳嗽得不能睡,妈妈心疼地说:"都是因为我,让你受苦了。"

我安慰她说:"这点苦算什么啊,与你当年十月怀胎以及对我二十年的养育相比,这点苦又怎能抵你的十分之一?百分之一?"

今生有幸成为父子或母女,都是缘分。

作为儿女,纵然我们一身本事,倾尽所有,我们能把父母的爱还得完吗？

事实上，父母也从来不求儿女还什么，报答什么。作为儿女的，但凡能稍微做得像一回事，父母就欣慰不已，欣喜万分了。

或许，这是为人父母的本分。

在这世间，很多父母是第一次做父母，儿女也都是第一次做儿女，都没有什么经验可效仿。在一路的磕磕绊绊中，父母用无限的宽容与忍耐陪着儿女成长，锻炼儿女飞翔的翅膀，最后又不得不放飞。这世间，所有的缘分都是从远方走向彼此，靠近彼此。唯独父母与儿女，是从相遇走向分离。

好在，我与父母没有如此。

或许，无能是福。正因为我们无能，才没有飞远，才能随时飞回父母身边，陪伴与守护。

陪妈妈治病的这段时间里，妈妈的生命像重新来过了，同时也给了我们作为儿女成长的契机。

在脆弱的老人面前，让我们学会做儿女，学会做一个大人，学会体贴与体谅，学会包容和耐心，学会理解和承担，学会一些素日里感受不到的浓情与体谅……陪走一段不一样的旅程，给自己一段成长的时光。

父母病了，让我们开始尝试着做一次大人，把苍老了、生病了、变得脆弱的父母当成小孩，换一种方式与他们相处，与他们走一段不一样的旅程。

我们已经长大了，会一直努力地守护着这份爱，慢慢陪着你们走。

纵然未来再远，有我们在，余生不必恐慌。把手交给我们牵着，把心交给我们守护，我们一起观人间冷暖，一起看世间繁华……

纵是无言情也深

疫情的原因，医院的陪护只能进一个人。虽然同在一处，爸爸却根本进不去妈妈的病房。

爸爸每天按部就班地吃饭，锻炼……轻描淡写地问问"妈妈今天怎么样""换药了吗""医生查房怎么说"等问题。

妈妈呢，每天问问爸爸"按时吃药了吗""按时锻炼了吗""吃的药有没有效果"，等等。

谁也没敢刻意让爸爸和妈妈通话或者视频。只是把对方的情况，互相讲述给他们听听。

一天偶然间，小妹把手机视频的镜头在爸爸面前晃一下，刚显示出妈妈的画面，爸爸立即哽咽着扭转了头。为了不让悲伤的情绪继续蔓延，我们赶紧挂断了电话。

在他们四十多年的相处中，我们没听到过爸妈说过情话，更别提爱的字眼。我一直不知道他们那个年代的夫妻之间是否有爱情。

我记得，妈妈在检查出病情的当天，医生让住院做手术的时候，妈妈突然哭了。她说："我若住院了，你爸咋办？我一走，就没人照顾他了，我不在他身边，他连饭都吃不上……"

兄弟姐妹商量，带着爸爸一起去。把这个方案说给妈妈听，妈妈立马眼里放光："好！好！正好给你爸也去检查检查。"

于是，我们带着爸爸妈妈一起奔向了省城。联系好医院，入院，挂号，排队，检查，会诊，我陪着妈妈，弟弟陪着爸爸，中间有交叉的科室，我们既分工又合作。

每天马不停蹄地奔波在排队检查中，跑得腿脚酸胀难受，看见个墙根都忍不住想倚靠一会儿，但家人们都在一起，再累再难也很安心。

以前，我常常怀疑，爸妈的爱情只不过是互相凑合着过日子。可是，回想一些瞬间，却又觉得他们之间有爱情，即便他们并不表达。

四十多年来，我们甚至从来没看见过爸爸妈妈牵过手。

妈妈手术前一天，我安排爸爸妈妈出去遛遛腿。

走到一棵开花的树前，我说："来，给你俩照张相。"

爸爸妈妈听话地走到花树前的枝条下，站在一起。

"牵着手。"妹妹起哄地冲爸爸妈妈喊。

爸爸立刻牵住了妈妈的手。

这是我第一次看见他俩牵着手，乖顺却又自然。

妈妈生性好唠叨，爸爸总是严肃又少言寡语。

有一次，我被妈妈唠叨烦了，给爸爸告状。我说："你看我妈，你也不管管她。"

我爸笑呵呵地说："别跟她一样，她就那脾气。"

她在闹，他在笑。

或许，这就是爱情。

没有海誓山盟，没有豪言壮语，都在一菜一粥的柴米油盐里，都在无言却又相互的深深依赖中……

每个人都是生命的勇士

手术第二天，妈妈不顾伤口的疼痛，坚定地要下床锻炼。

其实，仅仅是把她扶起来坐着，对她来说都需要极大的努力。伤口的疼痛期还没有过去，再加上一百多斤的身体重量，行动起来很是艰难，伤口的疼痛已够她承受，更别说下来活动了。

可是医生说须活动一下早日通气，通气后才能吃些流食，才能有益于恢复，术后四十八小时是疼痛期，需要克服一下。

只要说有益于恢复，妈妈就听从要求。

她每动一下就疼得龇牙咧嘴，但她仍一言不发地克制着自己，一步一步地挪动，她每走一步，引流管的血就往下流淌一些。

对于和手术台多次打过交道的我来说，我完全明白这种伤口的疼痛、内心的灰暗，以及身体的无力交织在一起的那种滋味。

可是，至于恢复得快慢，除了身体素质、免疫力，更重要的是自己的意志力和自制力，坚强一些，坚韧一些，敢于与困难、疼痛做斗争，就能战胜它们，就能恢复得快一些，好一些。

一直以来,我从来不迷信任何的断言与所谓的常态,更不认命。我只信自己的努力。许多时候,当你完全信任自己,你可以通过自己的意志力掌控自己,人为地努力,用乐观坚强的意志,打败病患,从而创造医学与身体的奇迹。

我自己就是一个超越医学奇迹的最好案例。

想到这些,我总是不失时机地鼓励妈妈说:"你看,你一走动,坏血就出来了,你的每一次坚韧与坚强,都能吓怕病毒,催促它们赶紧跑出你的身体,坏东西跑完了,你的伤口就愈合得快了,身体也能更快地恢复起来。"

妈妈忍痛轻语:"好。"

我一手高高地举着输液瓶,一手挽着妈妈的胳膊,再用挽着胳膊的这只手提着她的尿袋和引流袋。我紧紧跟随着她,唯恐跟不紧,一不小心就抻疼了妈妈。后来,还是足智多谋的妈妈想了个法子,把两个管卡在衣服扣子上,这样我就能腾出来一个手交替着举输液瓶。

我给妈妈开玩笑说:"你多像一个坚强的战士啊!"

是啊,每一个人都是自己生命中的战士,一生中会在不同时期遇到不同的"斗争",我们都要学会勇敢地与疾病、磨难,以及与天灾人祸做斗争。

你不能认输,更不能不战而败。你必须勇敢地与一切困难与磨难展开斗争,只有战胜它,才能用健康的身体奔向美好的未来。

每个人漫长的一生中,不会风平浪静,更不会一帆风顺。命运跌宕多舛,起伏不定,实为常态。看清了生命的无常与事实,我们就再也不会惧怕任何意外。

既然我们是自己生命的战士,躲不开命运的起伏,何不坚强起来,做一名勇士呢?

不管今天正经历着什么,明天将会迎来什么,都要无惧无畏，勇敢地奔赴。

管它是暖阳煦风和丽日，还是狂风骤雨雷电霹雳，都坦然面对吧。

父亲眼里波涛汹涌的泪水

沉默的爸爸，习惯了他一贯的坚强做派。纵然胸中波涛汹涌，他什么都不说。

近些天关于妈妈的病情，虽然我什么都没说，爸爸似乎很"懂事"，从来也没有多追问一句，但是我想，心如明镜的爸爸一定是觉察到了什么。

在女儿面前隐忍了几天的情绪，在见到他亲儿子的那一瞬间，终于冲破了防线。

小弟说："咱爸在走廊那头看见我回来的那一瞬间，眼圈就红了，泪水如海洋一样瞬间在他的眼眶里波涛汹涌了……"

前几天，由于公司项目部有事情，恰巧赶上总部领导下来调研工程进度，作为项目的总工程师，弟弟必须留在项目部陪领导调研。

久别的父子情，真正的"靠山"的到来，让貌似坚强无比的爸爸顿时释放出了隐藏许久、隐忍许久、压抑许久的真实情绪与情感。我这个"假靠山"有点瓢，只能是他们短暂的依靠。或许在爸爸眼中，女儿根本撑不起他的一片天和长远的未来。

我明白，儿子或者男人是家庭的顶梁柱，这是几千年来延续下来的约定俗成的事实，我没有丝毫的妒忌。

在老人心中，不论啥事，儿子能在，他们心里就有了底气。闺女撑得再好，只能是暂时缓冲一下。作为男人，爸爸刚强了半辈子，隐忍了半辈子，他绝不会把脆弱的一面展现在女儿面前，这是半辈子的传统观念制约着他的思想，这不是他的错。

在女儿面前，或许他还在伪装着作为父亲的坚强和了不起。其实，他并不知道，作为亲女儿，我了解他的全部逞能和脆弱，我只是看穿不揭穿，我完好地维护着他在我面前树立起来的坚强高大巍峨的父亲形象。

虽然，爸爸眼里恣意流淌的泪水暴露了他的脆弱，冲垮了他在我心中的巍峨，但这丝毫不影响我爱他……

一门之隔的等待，却恍若隔世

从早晨七点将妈妈送到手术室，到中午十二点钟，我像是经历了几个春秋。

坐下，起来。

起来，坐下。

在家属等候区的电子屏幕前，我的视线能看到的距离，尺寸之地就是我的"牢"，我就在这个范围内转圈。

等……

等屏幕字幕改变。

等……

等广播喊我。

等……

等妈妈平安顺利的消息。

等……

直到中午十二点钟的时候，广播播报"季爱勤家属，请到手术室门口"，听到前半句，后半句还在播报中，我的神经立马警觉起来，双腿像长了翅膀一样，在等候区和手术室之间那条长长的廊道间飞了起来。

我等得快要疯了。

这五个小时，是我生命中最漫长的时光。

对于没事的人来说，五个小时，不过就是一场麻将、一场酒席、一次闲唠的工夫。

可是，对于现场一秒一秒等待的人来说，犹如万年。

每一秒的期待里，都有每一秒的紧张不安。

一秒一秒地等，等得人心里发慌，那种感觉就像连阴雨过后原野里的野草疯着向上窜，压块石头也压不住的恣意。

这五个小时，怎么这么长？

这一台小小的手术如同跨越了时空，从远古跨到现代。

我真的等急了。

任手机来电铃声响着，我不敢接。

任微信信息一个接一个地响，我不敢回。

我怕我的精力和注意力转移之后，错过了屏幕字幕，错过了语音播报……

我不敢一心二用。

我只能也暂且只能关注一件事。

我等着妈妈随时出来。

妈妈一定也等急了。

我飞到手术室门口，闯进了第一道门。门口的医生说："干啥呢？干啥呢？"

"我是季爱勤家属，来接她。"

"门外等着。"

"广播喊我来的。"我惊魂未定地喘着气说。

"门外等着，需要你进来时再进。"

我乖乖地出了门。

到底怎么样了？

不是说小手术吗？

为什么持续这么久？

"没事的,医生不会骗我的。"我在内心里安慰自己。尽管这并不是我第一次站在相同的手术室外,但我仍然不能很好地把控情绪,不能淡定地等待。

"季爱勤家属,过来推病号。"手术室传来医生的命令,就像首长的命令一样,我一边立即回应着,一边像离弦的箭一样飞奔进手术室门口。

墨绿的手术室服装,对我来说是那么熟悉,却仍然那么令人恐慌。

蹲到妈妈躺着的手术床边,看着半闭着眼睛的妈妈,感觉有点儿陌生。

这是我有生之年第一次看到如此虚弱的妈妈。

妈妈的双眼肿胀着。

"季爱勤,不要睡。你咋光睡觉啊,在手术室就睡觉。"医生喊道。

"妈妈,妈妈,醒一醒,别睡着。"我用手触摸一下妈妈的脸,喊她醒醒。

"没睡。"妈妈虚弱地努力睁眼,可眼皮紧得根本睁不开。

我轻轻地把手贴在妈妈的脸上,让她感受到我就在她身边。

"你在手术室哭了吗?"我问妈妈。

"没有。"

"哦。没事啦,没事啦。"我的手轻轻拍着妈妈的脸颊。

看她努力地睁眼却怎么也睁不开,我知道这是麻醉后的无能为力。曾亲身经历过大大小小那么多次的手术,我懂得那种无力感,也理解那种漫长的等待,可是却依然会像从来没有经历过一样紧张与焦虑不安。

"到前面拉着床,等电梯。"负责送病号的中年女医生用严肃又厉害的声音命令我。

"好的,好的。"尽管她语气并不温和,但我依然温和地回应。

  透过没有被口罩遮住的脸颊与眉目，我打量了一下眼前这位医生，看上去她至少是五十多岁的年龄，瞬间我心里有了别样的疼惜。

  我知道，她们每天在手术室里配合着手术医生进行一场场手术，一定是格外疲乏与辛苦的。

  人与人之间，因为能设身处地地感同身受，所以才会有理解与懂得；因为有了理解与懂得，才能做到宽容与慈悲。

  倘若没有设身处地的理解与感同身受的懂得为前提，人是很难对他人的遭遇与言行体现出真正的宽容与慈悲的。

  当我把瞬间走神的视线重新回到妈妈的脸上时，看着妈妈仍旧努力在动动眼皮，我知道妈妈又真实地回到了我身边。

  "妈妈。"

  "唉。"妈妈的回应像从千万里外的太空反射回来的信号，微弱又无力。

  就在妈妈这游丝般无力的回应里，我一直抑制着的五个小时都没有掉落的眼泪终于任性地掉了下来……

像你爱我一样地爱你

今天是妈妈的生日,也是妈妈手术后的新生,就当是她一岁的生日吧。

我想,妈妈经历了一次鬼门关,她对人生一定会有新的感悟。

每个人但凡经过一次磨难,都会对生活有新的认识,我的妈妈也不例外。

我相信,经历了这次突如其来的灾难,她的余生一定会因为她的更加珍惜而格外美好。

早晨,陪妈妈下床活动,她不小心拉疼了伤口。妈妈不由自主地喊了句:"我的娘啊……"

我开玩笑地说:"你的娘听不见也看不见了,以后有难事就喊闺女、儿子吧。我们都听得见看得见,感受得到……"

妈妈低头的一瞬间倍显温柔,她深有感触地点了点头。

随即,妈妈转过头去,我听到了她压抑的哽咽声。

我拉住她的手,抚慰道:"别难受,你没有娘了,还有我们儿女呀。你好好活着,你多活一天,我们就是有娘疼的孩子,我们就感到幸福。"

妈妈狠劲地点了点头。

是的，不论多大年龄，活得多老，还有娘心疼，就是一件幸运又幸福的事。

我希望，我的妈妈往后余生平安吉祥。

这是大家的祈愿，更是爸爸和我们儿女们迫切的心愿。

我问妈妈有什么心愿，妈妈说："你们都孝顺，我没有啥心愿了。"

我说："快说，趁你儿子女儿都在，今天借你生日的名义，满足你一个小心愿。"

"我有新衣服，你们买的都没有摘吊牌呢；新鞋子，上次才买的，还没来得及穿……"妈妈满足地一一叙述。

妈妈说到这里时，我立马反应过来，应该给妈妈买一件礼物了。

于是，我带着爸爸和弟弟去给妈妈挑礼物。

妈妈一生善良厚道，勤俭持家，她始终相信举头三尺有神明，所以，坚持做人要心中有善，心头有光。

生日当天，守护在身边的孩子买了礼物，未来儿媳妇从遥远的上海寄送了鲜花，贴心的小棉袄准备了蛋糕……

我对妈妈说："没有娘疼爱了，不要怕，我们一定会努力学习如何爱你，学着尽可能地理解你、包容你，除了不能像外婆一样喊你的小名，其他方面，我们争取像外婆一样心疼你……"

在跌宕多舛的人间，我们都努力温情地活着，多一些对生活、对生命、对他人的爱与宽厚，这样，对幸福与快乐的感受一定会更多一些。

妈妈，余生，不管怎样，请相信，我们都会像你爱我们一样去爱你！

他们的这片天不能塌

　　看完医生取出的那一个肿瘤，我不知道该是什么样的心情。

　　重新回到家属等候区，我的思绪一次次回到刚来省城见到专家的一幕幕。

　　与提前联系好的专家打了招呼，网上挂了号，排了队，真见到老先生本人时，他比我想象得还要慈祥。轮到我们会诊时，老先生和蔼地了解情况，仔细地看片子，问了一些问题。

　　至今让我唯一不能释怀的一句话就是："来得有点儿晚，若是去年体检出来多好！"

　　这句话，就像一块砖砸在我心上。

　　我恨自己没有每年按时给母亲体检。

　　我恨自己做儿女做得不合格。

　　我恨自己挂着"孝顺"的名号却没有做好孝顺的事。

　　我恨自己……

　　悔恨已经无济于事，只能抓紧补救。

　　老先生说："没事，来了就好，那就留下来做手术吧。"

　　我含泪听话地点了点头。

我牵着妈妈的手，走出了专家会诊室。我第一次觉得，我的心和妈妈的心靠得那么近，好多年都没有这么温柔了，好多年都没有这么柔软了，好多年都没有这么零距离地与妈妈相处。

牵着妈妈的手，挤在拥挤的人群里，穿梭过密不透风的人海，明明是明媚的三月天，我却觉得胸闷得透不过气来。

我不停地深呼吸，稳定自己的情绪，还不敢让妈妈看出我的心情。

这些天，虽然才短短的几天而已，可是我每天都度日如年。每天照顾完妈妈，再陪爸爸锻炼，我都装作若无其事轻松自如，可是，哭过的眼睛从来不敢在爸爸妈妈面前出现。

在爸爸妈妈面前，我从来不敢暴露任何情绪。我怕微小的细节被爸爸捕捉到，我始终避重就轻地讲讲病情。

爸爸已经经不起打击了。妈妈和爸爸互为对方的天，他们的天，一个都不能塌。

原来，我一直活在自己小小的童话世界里，我觉得一直那么强势霸道的爸爸还是那么厉害。一向天不怕，地不怕，再苦再难都能克服的妈妈也还是那么厉害。

我误会了现实。

我的生活早已不是童话。

现实是爸爸妈妈都已老了，腰软了，心气也软了，他们需要有人为他们撑起眼前的这片天。

那天，我一直牵着妈妈的手，按部就班地办理各项手续。

入院，交款，等候安排病房。

妈妈顺从着我，爸爸听从着我的安排和指挥，看着面前如此乖顺的他们，感觉时光就像倒流了一样。这多像三十年前，在他们面前的我自己。他们的乖顺，让我陡然之间感觉自己真的不再年轻，我该长大了，该坚强了，我一定能直起腰来，硬生生地为父母撑起一片天，让他们踏实放心地依靠……

我拿什么报答您,我亲爱的妈妈

三八节送福利给妈妈,让她去体检一下。

谁也没想到,一次不经意的体检竟然把她推到差点儿要了半条命的手术台。

妈妈做手术的这天,我早上五点半就起来了,虽然整夜无眠,我仍然定上了闹钟,五点半起床。妈妈是早上七点钟的第一台手术。

早早准备好术前的一切准备工作,待医生喊话,我亲自把妈妈送进了手术室。

当手术室的医生"咣当"关上手术室门的那一刻,把妈妈和我分隔在了门里、门外。那一瞬间,我突然好害怕。

我飞一样地跑到家属等候区。

在家属等候区,一整个上午,我不敢离开半步,我觉得妈妈很快就会被推出来。

时间一秒一秒地过着,仿佛在故意考验我的耐心。

明知道我是个急性子,这样考验我有意义吗?

焦急,不,我耐心地盯着前方的屏幕,等候妈妈的名字出现。

我的视线就死死地盯着滚动的大屏幕,生怕一挪开就错过了。

"季爱勤，手术前"

……

"季爱勤，手术中"

……

"季爱勤，出手术室"

……

每一个变化，都间隔几个小时。

我不知道程序怎么那么复杂。

我的心怦怦跳。

我在怕什么？

妈妈身体底子那么棒。

医生技术水平那么高。

如今医疗条件那么好。

这一切都具备。我究竟有什么好怕的。

可是，我就是莫名其妙地害怕。

我从来没有想过这个问题。我甚至从来没有想过，我那原本还非常非常年轻，非常非常能干，能顶起我们家整片天的妈妈，会这么毫无防备地突然倒下。

真的，有生之年，我第一次这么害怕。

我的眼睛酸疼，我的视线不敢挪移。我就原地踏步地走走，我怕我的耳朵错过了广播播报。

是的，是我亲自把妈妈推进了手术室，我的妈妈还在等着我亲自把她推出来。

不怕。

不急。

我安慰着自己。

我原地踏步走了两万多步。

十点三十分，主治医师打电话让我看从妈妈体内取出的东西，并安慰我："手术非常顺利，不要担心。"

看着从妈妈体内取出的东西，我不知道该是什么心情。

转脸的一刹那，我的两行热泪就像提前准备好的，瞬间决堤滚落下来，熨烫着我已经干裂的嘴唇。

愿你余生，每天都能从心底发出微笑

假期里，小外甥女跟她舅舅玩耍了一天，感觉非常满足，非常快乐。

小朋友就连夜里做梦，都笑得咯咯的。

第二天早上醒来后，小朋友告诉她爸爸："爸爸，我跟舅舅一起玩儿时，不论我说什么，舅舅始终都是笑呵呵的，一整天都是在笑着，一次都没有发脾气。可是，我跟你玩的时候，一不小心，你就翻脸对我吼。"

她爸爸突然愣住了，没想到平时对孩子随口发的一点脾气，小孩子竟然还能往心里去。

后来，再说起这件事，大家都感慨情绪稳定的重要性。

不论是大人还是孩子，都喜欢和情绪稳定的人玩耍和相处。

情绪稳定，性格包容，从不乱发脾气，凡事看得开，想得通，和这样的人在一起，不必拘束，不必害怕，不必紧张，可以让自己所有的喜怒哀乐在情绪稳定的朋友面前得到尊重，让自己的任性在情绪稳定的亲人或爱人的宠溺里得到释放。

我终于明白了，为什么我们家所有小孩子都喜欢和他们的舅舅（叔叔）一起玩耍，因为弟弟不论对谁始终都笑眯眯的，始终情绪稳定，从不发脾气，哪怕他心情不好或者有心事，他也从不乱发脾气。大多时候，他都是以包容的心态看待和处理孩子们的任何事情。

这就是他最大的魅力。

我想，这也是人与人之间的区别所在吧，也是为什么有的人很讨人喜欢，有的人却让人很讨厌的原因吧。

一个人在顺境中保持微笑，不算本事。在逆境中仍然也能时时刻刻保持微笑，保持情绪稳定，这一定是一种素养，也是一种境界。

人的一生，风雨挫折都在所难免，不论顺境、逆境都能从心底发出微笑，那是真正的从容淡定。

倘若能做到这样，这一生不管是繁华还是平淡，都必定是从容且满足的一生。

微笑如春风，能化三九冰。

愿我们余生的每一天，不论顺与不顺，都能从心底发出微笑，也能微笑着对待身边的人……

携一颗感恩的心，勇毅前行

又到了辞旧迎新之际。

我带着给母亲买好的生日礼物回家。

今天是我的生日，但我从不庆祝，我只为母亲庆祝。她十月怀胎，千辛万苦把我生下来，相当于闯了一次鬼门关。我一直觉得，所谓的生日，不该为自己庆祝，而是应当为母亲庆祝。庆祝她历经千辛万苦把一个小生命带到美丽世界来。我们需要铭记这位被我们喊作母亲的美丽女性的爱和恩情。

在我的记忆中，每年的这一天，都是一家人最忙碌的一天。老爸老妈会根据"人岗相适"的原则给孩子们分工，既有协作，又各司其职。

孩子们忙着扫尘，裁红纸，洗毛笔，写春联，贴对联。几十年来，家里的春联从写到贴都是由孩子们承担的。

最忙的要数奶奶和母亲。她们要忙全家老小的年夜饭，忙所有亲戚朋友来团圆时的各种面点和菜肴，忙里忙外，忙东忙西。

她们心里惦记着筐里的菜洗了没有，惦记着锅里的肉烂了没有，惦记着笼屉里的馍熟了没有，惦记着去坟地祭祀的供品准备了没有……

妈妈和奶奶一样，需要她惦记的事太多太多。

只是，她总是唯独记不住今天是我的生日。

她不是记不住，而是顾不上。等她忙完了今天大大小小的"年事"之后想起我的生日时，往往已经是新的一年了。

她的"健忘"，我都懂，虽然我从来没计较，但是小时候我也常常会因为生日被忘记而失落，而嗔怪，而噘起小嘴。

每到这时，妈妈总是笑着发誓：明年一定记住。

可是，一年又一年，年时的忙碌依然会如期而至，妈妈对我的生日"健忘"依然如故。

一年又一年，我不怪她。

长大后，我去做我该为她做的事。我总是为她买一份礼物，在这一天回到她身边。

这一天，她可以忘记，而我不能忘记。因为，我的生日就是她的受难日。记住自己的生日，并不是为了纪念自己生得多么伟大，而是为了记住这一天母亲的伟大，为了记住妈妈在这一天曾闯过鬼门关把我生下来的爱和恩。

这一天，永远属于妈妈和我。

一天又一天，一年又一年，生活就那样过去了，苦辣酸甜都品尝过，爱恨情仇都经历过。人生就这样过吧，真诚地活着，不违心，不负意。

除旧迎新，回家陪父母，是世上最温馨的事！

我们脱离母体剪断脐带时留下的痕迹，会伴随我们一生。这世上，再也没有哪一种爱和恩情能超过母亲和孩子。

新的一岁，同时又是新的一年，感恩母亲赐予我生命；感恩母亲在这样一个美好的时候把我带到这个世界，她仿佛预知到成年后的我必定会奔波于生计，于是选择让我在这个美好的日子里降临人间，连生日寄语和新年寄语都可以一同进行。

生日之际，我感恩母亲，祝福母亲福寿安康，平安喜乐。

除夕之时，我感恩祖国，祝福祖国山河锦绣，繁荣富强。

今夕，万家灯火暖。

今夕，我将辞别过去的一年，迎接新的一岁。

从明天起，不管生活是顺意还是跌宕，我都会携一颗感恩的心，笃定勇毅地前行……

在沉默中守心,在接纳中从容

最近感觉很无力。

各种问题同时交织在一起,我才发现生命的局限。

从我懂事以来的这些年来,我把自己逼得太紧了。我怕自己一停滞下来,就被岁月这股洪流无情地摔在历史的沙滩上。我不敢有丝毫懈怠。

可是,生命中真的有太多的无能为力。

工作,生活……哪一样不都是如此?

前些天的一个晚上,奶奶突然短暂性休克,当我焦急万分又努力保持镇静地给120打电话,站在奶奶的房间门口焦急地等待救护车到来的那一刻钟,那一刻钟,让我真正明白度日如年的真实感受。

那一刻,是我从来没有过的恐慌、无助与无力。

那一刻,我内心里兵荒马乱,我不停地仰着头深呼吸,我怕一低头眼泪就会不听话地掉下来……

那是我第一次近距离感受与面临那种害怕永远都不会再回来的失去感……

这些年来,我工作上竭尽全力,努力到无力;生活上对家人,对自己,我都亏欠的太多。这两年,我终于离家近了,我想弥补一些欠缺,我害怕来不及。

　　孑然一身的我，除了工作和长辈，一无所有。所以，对待工作与长辈，我都想全力以赴地去守护。

　　我以为，我一个人足以游刃有余地面对种种复杂局面，可是一次次，一年年，生活并没有给我多少喘气的机会。

　　静下心的时候，我常常问自己：我想要的是什么？我在乎的是什么？在得到与失去之间，值得吗？

　　尽管努力到无能为力，真的也会很累，可是，我曾经踩平的坑，跨过的沟，走过的路，吃过的苦，未愈的伤，都不会令我后悔。

　　我现在最大的愿望就是，学会放过自己，放低对自己、对生活的要求。

　　学会放过自己，才是最大的成长。

　　所有你努力尽力后还将不顺的头绪，暂且交给时间吧。不纠结于心，不困惑于心，平静下来，看四季怎么交替，看岁月如何轮回。

　　这世间，不管你怎么努力，仍然会不停地出现太多太多想不通、捋不顺、讲不明、解不开的愁结。

　　或许，许多现在过不去的坎，等回头再看，你会发现，其实许多事根本不叫事，当初的那些坎早已成了风光旖旎的山坡。

　　所以放下就是解放。

　　龚自珍在《自春徂秋·偶有所触》有云："不能胜寸心，安能胜苍穹。"倘若一味地忧谗畏讥，那么每天必定活得战战兢兢，如履薄冰。

　　只要真诚努力，心底坦荡，一切你主宰不了或左右不了的，都交给时间去解决，至于结局，随它去吧。

　　这么多年来，经历过太多的跌宕与波折之后，我终于明白，任何功名利禄，都终将成为过眼云烟，而对自己诚实则是对生命最大的尊重与真诚。

真诚做人，踏实做事。尽力但不必讨好，尊重但不必谄媚。你来我往，互相尊重，不刻意维护任何关系。人生本来就短暂与不易，把美好的生命与心情用在值得的人和事上，平等则可相视，曲意则不必逢迎。

学会了接纳这世间一切的善恶美丑，真正实现生命的从容……

在沉默中守心，在接纳中从容。当你不屑于争辩的时候，沉默也是另一种自信。

努力修心

心是一个魔,降住才成佛。

每个人的心中都有一个怪物,只有降伏它,才能得安宁。

人们常说:"心中无闲事,便是有福人。"说的便是这个道理。

人活一世,谁能不受心的指使与左右?喜怒哀乐,爱恨情仇,哪一样它又能脱得了干系?还不都是这颗心惹出的麻烦?这也好像是每一位凡夫俗子都逃不脱的宿命。

人呐,站起来看着挺大个儿,殊不知却被小小的一颗心掌控,每天都受它的驱使,会去做各种可笑的事,去发各种莫名其妙的怒火,有人甚至因为自己心情不佳,情绪爆发,发难并迁怒于他人,从而惹出各种是非。

想明白了的,末了觉得极为可笑;想不明白的,深陷其中,终生被它奴役。

自己闹闹情绪都是小事,有时,有的人迁怒他人,更是可怕。症状较轻者,发发脾气,耍耍脸色;重者还可能做出各种陷害与迫害,打击与报复。

天生原本应该是一个可爱的人,活着活着,就在心里长出了妖怪，倘若不降伏，它便会在心里胡搅蛮缠，弄出各种啼笑皆非的傻事与蠢事。

我们每个人都需要做自己的"孙悟空"，发现心中妖魔鬼怪出没的时候，应该及时降妖除魔，摆脱控制，方可得自在，得自由，得解放。

"菩提本无树，明镜亦非台。本来无一物，何处惹尘埃。"

人间本无事，庸人自扰之。所以，每个人都需要好好修行，好好修心。

人若能降伏并掌控自己的心，不随便受它的指使与左右，不随便发怒，也不随便迁怒；既能平静自处，又能平和待人，还能以平常心生活，可以算得上是个了不起的人。

每个人在尘世走一遭，穷其一生都是在修行。

修行并不是痛苦和忍受，而是修出一颗喜悦心，修出生命的自在、喜悦与享受。

努力修行吧，在修行的路上斩妖除魔，修一颗豁达与通达的心，人生才能得安宁，日子才能乐和起来。

先把自己活明白

工作时，兢兢业业；学习时，专心致志；吃饭时，全神贯注；干活时，一丝不苟……做啥带啥样。

对上敬而不媚，对下慈而不傲，不揽功，不诿过，做好该做的本分。以不慌不忙、不骄不妄、不卑不亢的姿态做人做事，就是一个人最大的智慧。

能搞清楚自己，能看明白他人。既不纠缠于过去，也不困惑于未来，更不颓废于今天。

即便人生惨淡，仍然努力且积极，柔软且坚韧，善良且从容，这也算是活明白了的人吧。

不论什么情境，真诚地活着，不要虚妄。一个人的真伪善恶，旁人都能看得穿。因为一切都会彰显在脸上，它们会不由自主地流露出来。

一个活得明白的人，是可爱且有魅力的。

因为明白，所以惜万物，常感恩，懂分寸，知进退。

不论是年轻人还是老年人，能做到这些都是可爱的。因为这世间的一切好运，都不是理所当然地降临到自己头上的。

所以，这份可爱里还蕴含着坚忍执着的努力，蕴含着对世间万物的感恩与珍惜，蕴含着做人的本分与情分。相反，一个自私自利的人，必定是不可爱的。

这世间，本没有什么理所当然。

你生命里的一切都是必然，种下什么样的因，就会有什么样的果。

父子母女，兄妹姐弟，夫妻情人，同窗挚友，上司下属……所有的关系都是相互的，谁对谁都没有永远理所当然的义务与责任。

只有懂得了这个定律，懂得了所有的情分都需要建立在各自做好本分的前提下，那么，这些关系才能长长久久，才能和谐美好。

我是一个快四十岁的人了，即便没有彻底活明白，我也建立了属于自己的规则与秩序，不喜欢被任何人打乱。内心里始终有天真的坚守，也有属于我自己成熟的坚定。

所谓的天真是我身上的那些我对人际关系、对世间万物所持有的理想；成熟的坚定是我内心对原则、对规则、对底线笃定的坚守。

我在这些规则内，走在属于自己的生命轨道上。我不会因为旁人的看法便盲目地去改变自己的轨道与秩序。

我已经不是十八岁的小姑娘，就像不会再靠冲动和一见钟情来定义爱情和未来一样，我更不会靠别人的三言两语就随波逐流、人云亦云。

成熟稳定的感情与关系，那一定是相处起来轻松愉快，有趣舒服，没有紧张、不安与压迫，有的是互相信任、尊重与扶持；活明白的人生，那也一定是依从自己内心的方式在生活，坦然面对发生在生命里的一切事实。

天真或成熟，从来都与年龄无关。

所谓的成熟，也绝不是处事老到或圆滑，而是允许生命里的一切发生，接纳生命里发生的一切。

只有允许与接纳,你才能放松地面对人生的种种无常,以及未来的无限可能。

谁也不用刻意地提醒我年龄,即便提醒,我也不会介意。年轻或变老,在我面前没有任何意义。我向来不惧怕年龄的衰老。

我在三十岁的时候,从来没觉得二十岁有多美好。因为我清楚地知道,每个年龄段都有属于每个年龄段的风采与责任。我们永远不必用自己的认知去苛责他人,因为你未必有别人的见识,同时也未必有资格。所以,我们在责备他人之前,最好先整明白自己,活明白自己,搞清楚自己,这才是做人的本分。

鲁迅曾说:"我的确时时解剖别人,然而更多的是更无情面地解剖我自己。"

能把自己搞清楚、整明白与活明白,才是一个人最大的本分与智慧。

在独处中，遇见自我

我们有多久没有果断拒绝过他人的干扰，留一点空间让自己独处？

又有多久没有安安静静地读一本书，写一幅字，赏一朵花，或者健身一小时？

害怕孤独，或者说失去了独处的能力，用群处的欢乐掩盖内心的空虚与孤独，是现代人的通病。

通过观察，我发现许多成年人害怕独处，喜欢热闹，将各种应酬塞满所有的业余时间，用以打发时光。

人，在群处中慢慢丧失自我的特性，变得喜欢从众。其实从众并不可怕，最可怕的是明知道有些习惯是恶习，却也不以为然，天长日久把它变成习惯。

我知道，这和人性的弱点有关。

人都喜欢被认同、被接纳。可是，除了追求他人的认同与接纳，你真正认同接纳过自己吗？

人们总是不自觉地认为，只要得到他人的认同就能走捷径，就能省一些力。表面看捷径固然省力，可是，这世间又有哪一件事不是靠踏踏实实一步一个脚印地前行与付出，才能稳妥地走到终点呢？

我想，这世间从来不乏聪明人。可是在漫长的生命长河里，单有聪明是不够的。

与其求外，不如修内。

为了外求认同，需耗费掉多少属于自己内修的时间？

一味地从众，那么，真正的自我空间还剩多少呢？

在周末，你能否敢于屏蔽外界的干扰，和家人，和阳台的植物，和无言的书籍，和安静的自己相伴？即便不用呼朋唤友，仍然感觉无比惬意？

在浮躁的今天，从众与随大流从来都不是新鲜的话题。

在这个人人都渴望被他人认同的时代，断然拒绝干扰，保留自我空间，实现惬意的独处，才是奢侈的生活。

人人都在为物累，为欲累，为情累……其实，走过很长的路之后再回头看，才明白生活就在简单的自处中。

你有多少时间与空间属于自己，你就有多少惬意的生活。

就像你在几抔土里撒下的种子，只需要适时地给它几滴水，它就能长成一片郁郁葱葱的菜园。生命的哲学从来不需要高深莫测的大道理，往往就凝聚在简单的生活中。心灵也是一样，你装的是什么，它就呈现给你怎样的人生。

生活纷繁复杂，不如偶尔把自己还给孤独，把喧嚣关在门外，静心去做一些更有意义的事。

这世上，不论是事业，还是生活，除了你自己，没有任何人能够成就你。

人生中最不能拖泥带水的几件事莫过于：该读的书，该尽的孝，该见的人，该做的事，该断的情，该止的损。

别怕孤独，只有享受孤独，才能遇见真正的自己。

专注一件事，提升幸福力

看见水培的蒜苗一天一个样，长得郁郁葱葱，每天都有新鲜的配菜吃，真的好开心。

几个小姐妹来家里小聚时，我们把蒜苗剪下来当配菜用，新鲜美味，感觉好幸福。

一个小堂妹说："姐，你的幸福力也太高了。这么点小事，你就好开心。这有啥幸福的？"

我说："这是自己劳动的成果呀。你种的菜，你养的花，你完成的工作……都是你付出的劳动成果，当然好开心啦。"

"终于知道你每天傻乐的原因了，原来你为每一个不起眼的小事都能开心半天。"小堂妹感慨地说，"可是为啥那些看似本应该幸福的人还常常不幸福？比方说，来我这儿的大多数女客户，都是咱们眼中的成功者，要么有钱有权，要么嫁得好，买护肤品时成千上万的钱，付账时毫不手软。可是，她们却天天抱怨这不如意，那不顺心。为啥咱们这些普通人却这么容易满足呢？"

我笑了："正因为我们是普通人呀。我们知道自己是普通人，知道自己能力有限，所以总会全力以赴地做好眼前的每一件事。这一件事做好了，就会感觉好开心。而且，在平常的生活中常常感觉到幸福，这也是一种能力。"

"啊，幸福也需要能力吗？"小堂妹诧异地问我。

"那当然了。幸福力是一个人非常重要的能力。如果一个人没有幸福力，那么，其他能力再大也没用。一个人智商或财商再高，却唯独没有捕捉幸福的能力，那也是可悲的。"

"唉……财富或者成功在她们身上真是可惜了。"小堂妹不由得发出长长的叹息。

其实，大多数人所谓的不幸福，归根结底，就是欲望太多。欲望多，贪念多，一心多用，不具有专注力，心中同时打开多条通道；通道多，岔路口就多，幸福感就容易被其他事情所左右。

你想，一个人面前有好多甜品，同一个人面前只有一个甜品时，是不是感觉不一样？过多的选择容易迷失，反而不知道真正需要的是什么。

我对专注所产生的幸福感，近日从一件小事中深有体会。

周末，我和几个闺蜜去治疗颈椎，我当时有点事，只好一边聊着电话，一边治疗，等治疗结束时，我发现一点效果都没有。

当时，我还指责这名医师没有下功夫。我说："我今天治疗效果不咋样，一点儿感觉都没有。"

这位医师很委屈地说："我明明就是和平时一样啊，是你在玩儿手机，没有认真感受我的技术和手法。每一次来的客户，我都会提醒大家尽量不要玩儿手机，专注于体会治疗过程……"

我瞬间恍然大悟，立马向医师道歉。是呀，以往我都是放下手机，认真感受治疗，治疗结束时，酸痛的颈椎会舒展好多。

回家后，我认真地反思了这件事。

是呀，明明是我自己一心二用，打通了太多的感官通道，没有专注享受其中，还责怪别人，真是没道理。

生活中，专注力可以体现在方方面面。小到"寝不言食不语",大到工作中的执行力。这些都和父母从小教育我们的"干啥带啥样"的传统理念相吻合。

"干啥带啥样",就是让我们拥有正念,让我们学会专注。

玩耍时,专注于玩耍;工作时,专注于工作。专注于其中,享受于其中,结果必定截然不同。

生活就是这样,一旦内心的通道打开得太多,就无法实现专注,也无法真正体会努力的过程所带来的幸福感。朋友,不妨试试提升专注力,专注于眼前的一件小事,投入其中的每一个细节,当你圆满完成它时,必定会得到惊喜和幸福。

我用一生品读您

今年，奶奶九十大寿了。

她走过的九十载岁月，可以说既痛彻心扉地苦过，也心花怒放地甜过。

据奶奶讲，为了躲日本鬼子，她十四岁时被送到婆家。

奶奶说，到婆家后，她啥家务活都不会干。奶奶是她们屈氏家族唯一的女儿，在娘家是娇生惯养的娃娃，家里活、地里活啥都没有做过。可是到了婆家就是人家的媳妇儿了，就要跟着婆婆学做家务：烧火做饭、穿针引线、拿锄用铲……一下子就得从娃娃过渡到大人了。

我家老爷爷两个儿子，大爷爷和我爷爷。由于大爷爷身体有点疾病，怕大奶奶以此为借口找碴，老爷爷总是偏向大爷爷和大奶奶家，有好吃的紧着他们吃，有好穿的紧着他们穿。我爷爷又是孝子，那种"唯他爹是从"的孝，近乎愚孝，反正他爹说啥都对。愚孝的男人，往往把所有的委屈都给了自己的女人，我的奶奶过得很不容易。

每顿饭是我奶奶做的，做好后却由大爷爷和大奶奶先吃饱，我爷爷和我奶奶再去吃。往往等我奶奶去吃时，锅里稠的已经捞完，只剩稀汤。

虽然奶奶讲起往事来云淡风轻，但是，每一次作为听众的我仿佛是自己遭遇的委屈，那种心里的酸楚与疼痛、委屈与无奈，穿越七十多年的时空钻进我心里，仍然戳得我心疼，忍不住泪流满面。

年幼的奶奶和家里的成年人一样，干完家务就得到生产队里干活挣工分，干完活回家推磨磨面，磨好面之后，再去做饭……

日子就这样一天天挨着过。

后来，大爷爷和我爷爷这俩弟兄终于分家了。

随着两个儿子的分家，我老爷爷和老奶奶也分了家。

老爷爷会挣钱，他跟着大爷爷和大奶奶过，用他的能力补贴帮衬着他们的生活。

老奶奶不会挣钱，也不干家务，养尊处优的老奶奶则跟随我爷爷和奶奶生活。

即便如此，奶奶也释然了，至少不会再因他人受尽委屈了。

我觉得奶奶的命真苦。老奶奶是大家闺秀。听奶奶说，老奶奶四十岁就不干家务和农活了。跟随我爷爷和奶奶后，她只做一件事，就是照看小孩。我的爸爸、姑姑以及远亲近邻的孩子，都是老奶奶看大的。当然，那时候看孩子没有压力和负担，只要看着小孩不吃土块就行，总比那些没人看的家庭把小孩子绑在床上要强得多，这么简单的照看法，一次能看十多个孩子，前村后庄的孩子都受过老奶奶的照看。

至于家里的事，老奶奶从不伸手与过问。即便如此，奶奶也从不抱怨自己的婆婆，她默默地接纳包容着她的婆婆，就像接纳包容着岁月赐予她的一切。

摊上这样的婆婆，家里家外的大小事自然毫无疑问地落在了奶奶的肩上，当年奶奶生孩子、坐月子时，都得自己起来做饭，寒冬腊月还要去河里砸开冰面去洗尿布。

然而，奶奶从来没有因为生活的艰难而有任何的胆怯与抱怨。

奶奶常说："这都是命。"

认命的奶奶忍辱负重，用自己的双手创造着属于她和孩子们的新生活。

我爸爸是家里的长子，聪明懂事，考试成绩都是满分，这让苦涩多年的奶奶心里总算升起了一道曙光。就在生活刚刚露出一丁点甜头的时候，爷爷因意外去世了。

爷爷去世那一年，我的奶奶才四十二岁。

长子还未成人，幼女才刚两岁，这对奶奶来说，无疑是致命的打击和伤害。

奶奶讲过无数遍往事，可是却从来没有讲过一句关于爷爷去世时的情景，大痛无言，她不说，我也从来不敢问。

我怕她提及那些痛苦的岁月与遭遇再次悲伤，我也怕我自己听了情绪崩溃。我不敢问，不敢提。

在那个年代，一个女人拉扯五个未成年的孩子，前路在哪里？眼前肯定是乌漆嘛黑的，看不到一丝希望的光……

可是，小脚的奶奶却拥有着坚韧与乐观。

再后来，我妈嫁到了我们家。我的妈妈也是一个善良的人，她对爸爸这样孤儿寡母的家庭没有任何嫌弃，而是和奶奶一起托举起这个摇摇欲坠的家。长嫂为母，我的妈妈把年幼的小姑子们当成自己的孩子去照顾，直到她们全部嫁人成家。

后来，随着我们出生，奶奶开始帮助妈妈照顾年幼的孩子，妈妈则心无旁骛地做事。

我们兄弟姐妹都是在奶奶的怀里长大的，我们见证着这个家的成长与改变，见证着奶奶和妈妈这对婆媳超越血缘的母女情。

四十多年了，奶奶和妈妈在一个屋檐下生活，在一个锅里吃饭，她们之间在跌宕的岁月里所建立起来的深厚的感情是那么的牢靠。

我想，她们之间应该是在特殊的岁月结下的"战斗友谊"，所以，她们格外互相珍惜，互相担待。

在我心中，这是一对了不起的婆媳。

奶奶除了能吃苦耐劳，还善于学习。她参加扫盲班学习，会背诵《毛主席语录》，会写自己的名字，能认识许多字，还在不同的时期学习新的知识。比如，随着我们的长大，她学认闹钟和手表，会根据不同年龄的孩子设置不同的闹钟时间……

奶奶不断自我成长的能力，在我看来是非常了不起的，正是这些，形成了她达观、坚韧、自信、包容的精神底色。

奶奶是个极其善良的人。

即便在她自己的生活都捉襟见肘的年月，碰上来家里讨饭的外乡人，她仍然热情招待，把人家领回家里，热饭管饱，临走时再给他们带上干粮和茶水钱。

善良的人一定有好报。

我小时候常听奶奶说，她听算卦的说，她只有五十多岁的寿缘。待超过五十岁后，她又说，她最多就七十多岁的寿命。如今，她已经健朗地过了九十大寿。我觉得，这是奶奶用善良、真诚和爱修来的。

如果说，奶奶的前半生是黄连般的苦，那么，奶奶的后半生应该算是蜜糖般的甜。

儿女和孙辈儿，个个都疼爱她。谁都不允许她受任何委屈，不允许任何人以任何理由欺负她，不允许任何人对她不敬。为了能随时知晓她的状况，我们除安装了摄像头，还专门给她配了手机，轮流陪她唠嗑。

"爱出者爱返"。子孙们对她的爱，都是她用自己的心，用自己的情，几十年来一点点汇聚起来的，如今，我们给予她的，不及她给我们的十分之一。但就是这些不及她给予我们的十分之一的爱，甜了她的余生，淡化了她前半生的酸楚与炎凉……

昨天，奶奶九十大寿，晚辈们放下手头的一切事务，分别从武汉、上海、郑州、洛阳……拥来。

每年的这一天，是奶奶既忙碌又幸福的日子，她一整天笑呵呵的。

她忙里忙外地帮助晚辈择菜，收拾家务，小小的身影不停地穿梭在各个房间。

这一天，戒指、手镯、衣服、鞋子、鲜花、蛋糕、欢声笑语……包围着这位走过九十载人生风雨的老人。

当宴席过后，晚辈们簇拥着要给奶奶磕头拜寿时，奶奶大手一挥，字正腔圆地说："不磕，不磕，等我百岁时再磕。"

那一刻，我愣愣地看着奶奶，不觉走了神。

我觉得，我面前的奶奶不只是我的奶奶，而是我敬仰的一位高大的伟人。

她在自己多舛的人生里，虽坎坎坷坷却走得从容不迫、淡定自如。这样平凡的她，在极其坎坷的人生中仍然活出了自己的幸福。

奶奶达观、坚韧、包容、自信，她以不动声色的姿态，成功地赢得了我们所有晚辈们的敬爱和宠爱……

关于奶奶的故事太多太多，我从小是和奶奶睡的，她天天在被窝里给我讲故事，对于她的过去，就像我自己的过去一样熟稔与深刻，我深知她的疾苦与不易，也懂她的隐忍与知足。

采撷的这些故事，只是奶奶生活的点滴而已。她走过的这九十年，已经是一本厚厚的书。关于奶奶的过去、现在和余生，我将带着我的爱虔诚地认真地去品读……

松开手掌，便是舒坦

一个朋友向我诉说婚姻的苦涩，说被家里那口子气得天天都不想活。

我觉得完全不必如此。

如果你觉得婚姻带给你的都是苦痛，你完全可以选择离开。既然不能离开，你就得有继续忍受的能力。不就是生活嘛，怎么活都是活，大可不必弄得如此悲壮。

更何况，身体发肤受之父母，我们无权损毁。无论如何，首先要学会保护好自己，护自己周全，然后再努力活着，不寄希望于任何人，努力做好自己，靠自己活得神采飞扬。

对于我来说，我若开口，必是快刀斩乱麻。有时候想想，我们不是当事人，不了解其中的利害关系，还是保持沉默为好。更何况"清官难断家务事"，对于他人的家事，再好的关系也不便插手，更不便多说。

作为倾听对象，听得多了，你会发现，其实，无论你说什么，当事人也不会按你说的去做。

人，骨子里都是执拗的。

其实，每一个成年人都有自己的主意，谁也替谁做不了主,谁也管不了谁。倘若一个人真的在乎你,他就不会违背你,甚至做令你伤心难过的事情。既然明知道结局会让你不舒服,他还会一如既往地去做,那么你的管教只会增加他对你的厌恶,最终伤害的还是你自己。何必呢?

夫妻之间也好,上下级之间也好,管得了的,反而不需要你管;管不了的,管来管去,反而管成仇人。不论婚姻还是职场,成年人更多需要的是自律。

我常常对我走进婚姻的亲友说:"如果有一天,你在婚姻中受欺负了,一不要回娘家,二也不要告诉我,因为我和你的父母一样,会记仇。最怕有那么一天,我们还在恨着他,你却转脸原谅了他。"

对于婚姻中的喜怒哀乐,我想,身处其中的每个人一定都有自己的路数和承载能力。作为外人,我们根本拯救不了他们,终究谁也拯救不了谁,到最后,都得自己挣扎,要么学会忍受,要么寻找出路。

生拉硬拽,你是拽不住任何人的。既然是成年人,什么利弊他不清楚,他不懂啊?非得你教他怎么做好,怎么做不好?他做得好或不好,他心里门清。我的理念是管教只适用于未成年的孩子,对成年人则不需要。

随他去吧,放开手,大家都舒坦。

握紧的拳头,连一粒沙子或者一缕风都灌不进去。不如松开手掌,迎着风奔跑吧,往前跑,或许一路尽是美景。

天道轮回,得失随缘,一切自有定数。既然管不了他人,不如也放过自己吧。

无论生活如何,永远不要失望,要加油,要努力过好自己的人生,神采奕奕地活它个天荒地老,才不枉费千辛万苦来这世间一遭。

最美的时光,往往在回忆里

仅能休息一天的周末,我趴在菜园里忙活了一整天。

我想把前段时间因为大雨闷坏了种子而没能发芽的菜地重新翻土,撒上种子,再种上蒜苗与小葱。

可是,我突然发现那些被土坷垃压着以及被石子挡住的种子,不但没有闷坏,反而开始长出来了,我不由得感慨万千。

细土下的种子,经不起大雨浇灌,一通大雨砸下来,大都被压在土里闷坏了。而那些被压在石子和土坷垃下的种子反而生根发芽,从石子或土坷垃旁边钻了出来。

这是生命的可贵之处。

不怕压迫,不怕打击,不怕困难,越受到压迫越要让生命盎然起来。

劳动结束后,我坐在院子里消汗,晚风吹过来,脸上的汗珠自动消融。

就在那一瞬间,我突然感觉好幸福。那是一种好久都没有过的平平常常日子里骤然冒出来的幸福感。

于是,我就这个话题和家人闲聊起来。

"人这一生,哪段时光最难忘?"

"最难忘的还是小时候吧。虽然那时候贫穷,但是心灵简单,活得快乐知足,日子有盼头,人生有追求。"

"可是,那时候,我们并不觉得身处的时光最美好,那时候也会难过与哀伤,也会为捉襟见肘的生活感到无奈与无力,也会因为别人无端的欺负而无助……"

每一个今天,又何尝不是每一个过去?

一切都在变化,一切又仿佛根本就没有变化。

或许只有在回忆里才会知道答案。不到回忆的时刻,谁能知道时光的珍贵?谁能悟出平常生活的快乐与难得?

回忆对人生进行了二次创造,回忆最公道,只有在回忆里,我们才能抛开世俗与功利心,才能真正地体悟其中的趣味。

我们总是对现状不满,总是不知足于此时,哪怕此时已经很好。对于这种唾手可得的幸福,我们不自知,也不一定懂得珍惜与感恩。

或许,每一个最平凡的此刻,便是将来回忆时最怀念、最难忘、最可贵的一刻。

只是,因为置身于此时,我们不觉为然罢了。

"此情可待成追忆,只是当时已惘然。"

人生的许多许多,不都是如此吗?

过好每一个平淡且平凡的此刻,莫蹉跎,勿纠结。

安心享受并珍惜每一个平凡的日子吧,它们都是将来回忆里最美的时光。

八百里相送的情谊

国庆假期时，一位姐姐带着几件贵重且易碎的物品返回婆家，怕她乘坐公共交通工具不安全，我就开车相送。几百公里，我一口气把她平安送到了目的地。

第二天我要返回时，她说不放心我一个人长途开车，于是，她和我的另一个闺蜜又一起开车送我回家。

她们所谓的送我，就是我开着自己的车在前面走，她俩开车在后面跟着。一路上，我们打着双闪前行。从出发地到目的地，几百公里的路我们都是这样打着双闪远远呼应。我一路稳速前进，她们一路紧紧跟随。

或许是车灯在闪烁，我们在心中无声地互相提醒，竟然一路上也没有打瞌睡，平安返回。

她们把我送回来，也没来得及停下来喝喝茶，没有歇脚喘气，就原路返回，待她们到家时已是凌晨……

我看到她们报平安的消息时，已是第二天早上，我上班时才发现手机上报平安的信息。

后来，我把这个事讲给别人听，别人都笑我们几个傻。

我笑而不语。

傻吗?

或许傻吧。

明明各开各的车,各走各的路,可是一路同行,一路陪护,这八百里相送,送的不就是一份安心嘛。

其实,人与人之间,并没有天生的一见如故的好缘分,都是互相珍惜,经年累月的在乎,彼此才结下的深情厚谊。

我去护送她,她们又跑一趟护送我,来来回回,每个人多跑了八百里,这是一份情谊。

在这个本来就薄情的人世间,一个在乎你的人,一份珍爱的感情,一份真挚的友谊,都是值得我们用真情守护的宝贵财富!

穿越阴影，迎着光倔强生长

本来约定好了，几个朋友假期一起去外地看望一位故交。可是，临出发前查看了一下天气预报，显示是大雨黄色预警强对流天气，外加冰雹。

一说到这种鬼天气，我条件反射似的眼前出现一幕幕恐怖的场景：雨中被困，人车陷入僵局，无助迷茫，奋力挣扎……

这或许就是传说中人们常常挂在嘴边的心理阴影吧。

2021年轰动全国的"7·20"郑州特大暴雨，我亲身经历，至今做梦还会梦到那些天的情景。所以，一赶上大暴雨天气，我心里就会莫名地恐慌。后来，我仍然常常会梦到那些场景。就连最疼爱我的奶奶也总是重复地做那些梦。

近日，奶奶又给妹妹讲，她说："你姐被困在郑州的时候，我做梦总是梦到你姐坐在水里大哭，我以为她是怕老的时候摔倒了没人扶，谁知道她遭遇发水了，她遇到那么大的困难……"

听妹妹讲到这里，握着电话的我突然间就泪如雨下。

这些话，奶奶从来没有在我面前讲过一次。

我知道，奶奶何止只是担心我的安危，她真正担心的是我老无所依，这是她的心病。

我都明白，可是我却无能为力。

人们常挂在嘴边的阴影有许多。

比如说，童年阴影、失恋阴影、灾祸阴影……每个人的经历，都是属于自己的"私有财产"，别人再感同身受，也无法切身体会。

所以，我们又常说一句富含哲理又充满人性的话："不经他人苦，莫劝他人善；若经他人苦，未必有他善。"

记住一条做人的底线：千万别做损人利己的事，即便利己，也不要损人。大道轮回，因果有报。总之一句话，要与人为善。不做害人的事，不说伤人的话。即便做不了君子，也决不要做小人，更不要与小人为伍。你永远不会知道，是不是你的一次有意无意的伤害与陷害，就有可能成为别人一生都走不出去的阴影。

这些所谓的阴影，说白了其实就是心灵的创伤。每经历一次，不同的人大致会出现三种结局，有的人是越来越脆弱，有的人是越来越坚强，还有一种人是在脆弱与坚强之间不停互换。

小时候，不小心摔跤了，身体磕破皮，那个皮一旦愈合结痂之后，揭下来特别疼，只能等它自动蜕掉，长出新的皮，才能完全愈合。皮肤好的，愈合后看不出伤疤痕迹；皮肤不好的，就会留下一生的疤痕。

要知道，每一块伤愈合成疤都需要许多时间，每一块痂揭下来都会疼。

那些吃过的苦，那些受过的伤，那些躺过的"枪"，那些爱过的人，那些撞过的墙……不论岁月怎么变迁，经历过，都会"陪伴"一生，无法遗忘。

我们这一生究竟要经历多少创伤，穿越多少阴影，承受多少疼痛，揭掉多少伤疤，踏过多少风浪，才能真正无畏无惧地穿越迷茫？才能坚定地迎着光，活得潇洒又倔强？

或许，只有时间才能给出答案。

爱的较量，不分输赢

马上就是奶奶的九十大寿了。

我去商场逛了一圈，打算给奶奶买件首饰。

逛了好久好久，我才发现一个特别适合奶奶这岁数的款式。我用手机拍下来征求兄弟姐妹的意见，大家都夸我眼光好。就在我打算付款时，弟弟提醒说："有老妈的吗？小心老妈吃醋哦。"

是啊，怎么能忘了亲娘呢！

这些年，我们早已习惯了买东西时同时买两件，就是为了不影响她们婆媳之间的感情。我有时候挺搞不懂的，她们婆媳之间从来不会因为我爸而吃醋，但会因为子女而吃醋。

我们若是对奶奶太好，老妈总觉得自己受到了冷落；我们若是对老妈太好，又恐怕奶奶觉得我们忽略了她。

为了把一碗水端平，我们不得不采取这种方式：不论给谁过生日，买礼物都买两份一模一样的，再让她们自己分。

比如，老妈生日时，我们给老妈买一对手镯。老妈会说，这得给奶奶一个。

我们就故意说："你生日呢，这可是专门给你买的。"

每到这时，老妈就不乐意了，说："你们可不能没有良心啊，忘了你们小时候奶奶怎么对待你们的啦？她天天送你们上学，一年四季，风雨无阻。难道都忘啦？"

"没有忘，没有忘，您自己看着办吧。反正送给您，就是您的啦，您自己做主吧。"

于是，老妈拿出一个礼物分给奶奶。俩人戴上后笑眯眯地比来比去，看谁戴着好看。

下次，奶奶过生日时，我们去买戒指，还是专门买一对一模一样的。

奶奶会说："这我不能全要啊，得给你妈一个。"

我们还是故意说："这可是专门给您买的，戴两个多好看啊，显得排场。"

奶奶不高兴地说："那怎么行，你们可是你妈亲生的。你们对我这个老太婆已经够好了，我觉得我疼你们都值了，你们有这份心，我已经心满意足了。"

我们就顺水推舟地说："随您便吧，反正给您了就是您的啦，您自己当家吧，爱送谁送谁，我们不管哦。"

于是，奶奶就乐呵呵地分给妈妈一个。

老妈酸溜溜地推脱说："我才不要呢，这是您孙女孝敬您的。"

每当这时，奶奶就会说："孙女的心意我已经领了。现在是我送给你的，嫁到这个家，没有让你享什么福，让你吃苦了。"

看老妈笑中带泪又有点娇羞的样子，我们暗自窃喜。

其实，我永远都搞不懂其他婆媳之间的"战争"究竟源自什么，就像我永远也搞不清奶奶和妈妈为什么会站在统一战线，在许多问题上能达成共识一样。

婆媳问题，自古以来，还真没有人能够妥善地彻底解决这个问题。

姐姐说："那些鸡毛蒜皮家长里短的矛盾与问题，你不需要懂。你不懂，这是好事，说明你没有品尝过感情与生活的苦涩，但愿你永远不要懂。"

是啊，我简单的大脑从来不擅长也不屑于思索这些复杂又婆婆妈妈的小问题。我觉得，只要大家心中都真诚地对待彼此，所有的问题都不是问题。

就像我奶奶和我妈妈这对婆媳，她们一个屋檐下相处了四十多年，或许她们之间的感情早已超越了血缘。四十多年的朝夕相处，四十多年的风雨同舟，她们早已把彼此当成了最亲的人。

当然，她们也会为彼此担心，她们在乎彼此，所以需要不断地验证对方是否也同样在乎自己。没有任何血缘的她们，只不过需要知道她们在彼此的心里是至亲之人，真正地超越了血缘。

说到底，婆媳之间只不过是一场爱的较量，根本就没有输赢。作为晚辈，我们与其想方设法去调和所谓的"矛盾"，不如顺水推舟，再顺其自然。

最难的课题，就是守住自己

有人说："小时候就想着长大后能不在地里割草就行。"

有人说："小时候的梦想之一，就是长大了可以天天吃泡面，现在儿时梦想唯一实现的就是天天吃泡面。"

有人说："长大了，靠回忆小时候来寻找快乐。"

有人说："小时候，我们一无所有，只剩下快乐了；长大了，我们什么都有了，却就差快乐了。"

还有人说："小时候真傻，竟然天天盼着长大……"

甚至还有人开玩笑地说："小时候的许愿有点儿草率了……"

即便现实是如此的不如意，我们每个人也都在努力实践着、铆足劲儿追逐着、认真兑现着小时候许下的那些心愿。

即使我们能够清醒地认识到现实的种种艰难，但我们仍然不放弃，仍然在努力，这就是最难能可贵的。

我们不得不承认，人与人是不一样的。

比如，在奔向梦想的路上，有的人坐车出发，中途还有补给站；有的人骑车前行，连瓶水都喝不到；有的人赤手空拳，连喘气的机会都没有……

甚至，有的人终其一生的努力，也只能赶到别人的起点。

我们不能抱怨，我们也没有理由抱怨，除了不懈地努力，尽可能为自己创造更多的选择余地和选择空间，我们别无他法。

每个成年人都懂得，成功很难，但坚守更难。

坚守我们的初心。

坚守我们努力守护的公平。

我想，我们每个人努力的意义，绝不仅仅是为了成功，更是为了追逐。追逐自己生命里更多的可能，追逐这个世间更有价值、更有意义的事情。同时，更希望我们在努力的时候，守住自己的底线。

最终，我们能否走到成功的终点站，有太多客观因素的制约，这不是我们自己能做主的。但守住自己，不被困难摧垮、不被一些规则改变，这才是今生我们面临的最难的课题。

最后，用我自己的一首诗作《夏日新绝句》与君共勉：

不到荷塘不思莲，秀色绝世映芳年。

纵然出自淤泥中，却留高洁在人寰。

命里幸福缺多少

我们常常觉得自己缺这少那,总觉得自己跟别人相比缺乏很多,于是所谓的不幸福感也由此而生。

这种不幸福感,大多数都是源自与别人攀比而产生的落差。

我们过自己的人生,为什么非得与别人攀比或对比呢?

有一天傍晚,一个好友到家找我。当时,我正在吃晚饭,她进门看见我面前餐桌上放了一碗小米粥、一盘凉拌青菜,而且这盘菜还是用在地里采摘的不要钱的红薯梗做的。

她瞪大眼睛一脸惊诧地望着我,看我津津有味地吃完。

我放下筷子时,她终于忍不住和我聊了起来。

"咋了,日子过成这样? 是减肥还是遇到困难了?"

我看她一脸严肃认真的样子,忍不住大笑起来说:"我的生活一向如此简素啊。"

她说:"真不敢相信,你对生活的标准这么低?"

"在食物上提倡简的精神,既是对食物的尊重,也是个人在大自然面前的谦卑。再说了,养人莫过家常便饭嘛。"

"再简也不能天天吃草吧?"

"吃草胃里舒服,若真是让我天天吃肉,我消受不了,胃里疼。"

"真搞不懂,你天天拼死拼活奋斗的意义是什么?"

"奋斗的意义,除了在于奋斗本身的快乐,还在于自身价值的体现啊。况且,温饱问题,早已不是奋斗的目标。更多的是实现精神的自由。我觉得,这才是奋斗的终极意义。"

我问朋友:"还记不记得,我在省城那几年,一日三餐都是标准挺高的自助餐,那么好的伙食,几年来我的体重愣是一斤都没有增加?"

"为什么?"朋友大为不解。

"因为我对食物不贪。"

不贪,不妄,舒坦自在。这是我对自己的要求。

物质文明发展到今天,对于中原粮仓的河南百姓来说,丰衣足食早已不是问题。我们的身体真的还缺营养吗?我记得小时候,十天半月也不吃一次大餐,我们仍然活得生龙活虎,有滋有味,有奔头。

现如今,什么都不缺,想吃啥有啥,为啥越来越觉得无聊茫然?归根结底,我们缺的不是食物,而是内心的满足感。所以,我们变换着花样搞这搞那,通过大快朵颐来填补心灵的空虚。

其实,我们不缺那一口吃的。我们真正缺乏的是对自己和对未来的自信,缺的是对欲望和诱惑说"不"的勇气,缺的是对生活的奔劲和勇敢……如果我们能够达到内心的自给自足,我们不必通过过多外在的东西填补空虚。

生活简素,内心丰盈。这是我追求的理想生活状态。

这些年,除了书籍增加的频率高,其他物品增加的频率都不高。所有物品到我手中之后,我都尽可能地物尽其用。

一台几百元的洗衣机，我使用了十多年至今完好如新。偶尔用它洗洗床单，我从来不用它洗衣服，所有的衣物，我都用手洗。所以，从某种程度上来说，也极大地延长了衣物的使用寿命。除了因为年龄增长感觉不合时宜而淘汰的衣服，其他只要能穿的，我都一直在使用，每次手洗之后，及时熨烫，整洁如新。十五年来，我的体型不变、体重不变，甚至随身而穿的衣服也伴随了我十几年。

这种对食物、物品以及大自然的敬畏感，也约束着我不断地自律起来。

我的厨房里几乎看不到任何鸡精、味精之类的调料。能水焯的，绝不翻炒；能翻炒的绝不油炸……省时省力又健康。

生活原本并不复杂，幸福也不那么遥远。

在物资充盈的今天，我们什么都不欠缺。不论物品、食品还是欲望，不是多多益善，而是越少越好。

物品不在于多，够用就好。

茶饭不在于多，吃饱就好。

饭吃少了，换来了身体的健康。

欲望少了，换来了心灵的轻松。

倘若能一直如此，人生谓之圆满！

过小年盼大年

俗话说："过小年，盼大年，春天来了飞榆钱。"

腊月二十三，是北方地区的小年。如果说腊八是年的引子，那么过小年，就是过大年的前奏了。家家户户已然吹响团圆的集结号，喜庆热闹的大年就在眼前。

儿时在乡下，一大家子住在一起过年特别热闹。过小年这天，奶奶总是早早起了床，给我们安排分工，有扫尘，搞卫生的；有赶集，买年货的；有剁馅儿，包饺子的，这些活里，最吸引小孩子的自然是赶集，买年货了。

小孩子赶年集不过是凑个热闹，跟在父母身后帮着拿些零碎东西，碰见好吃、好玩的也可以趁着父母高兴时得到满足。"姑娘爱花，小子爱炮。"父母在年集上会给姑娘买上几朵鲜艳的头花，给男孩买上几挂长长的鞭炮，图的是个喜气和热闹。当然，也不能忘了正事，请上一张灶王爷画，再买上几斤麻糖，这是过小年必不可少的。

"祭灶祭灶，全家都到。"在注重传统习俗的农村人看来，小年是个很重要的节日，丝毫马虎不得。其中有个重要的习俗就是"祭灶王爷"。奶奶会把供品和麻糖供奉在灶王爷面前,祈求这位传说中执掌着人们生活和命运大权的神灵上天多言好事,期待新的一年能够风调雨顺、五谷丰登、全家平安、财源滚滚。

小年晚上习惯吃饺子,意在为给灶王爷送行,取意"送行饺子接风面"。一家人坐在一起,吃着热乎乎的饺子,其乐融融,很有年味儿。

吃过饭,我好奇地问奶奶:"灶王爷为什么喜欢吃麻糖啊?"奶奶笑着说:"灶王爷吃了麻糖粘住嘴巴,上天不说坏事,多说好事……""奶奶,灶王爷上天是怎么汇报的?……"小孩子的好奇问得奶奶应接不暇,她就给我们讲起了灶王爷的传说。

传说灶王爷没有成神之前,名叫张单,娶妻丁香。丁香是个孝顺公婆会过日子的贤惠媳妇,可是后来张单外出经商发了财,爱上另一个女子海棠,回家就休了丁香。之后,丁香嫁给了一个打柴人,勤俭度日,生活越过越好,而海棠每天好吃懒做,还失火烧光了家产,丢下张单改嫁。张单只好四处讨饭维持生活。有一年的腊月二十三,张单到丁香家讨饭,被认出后自是羞愧难当,就一头钻进了灶膛。

张单死后到了天宫,玉皇大帝问他是怎么死的。张单把事情的经过一五一十地跟玉帝讲了一遍。玉帝听后说:"你姓张我也姓张,我们是本家。你看到自己前妻能够感到羞愧,说明你还没有坏到底。既然你是死在灶膛里的,就封你为灶王爷吧!"我们沉浸在奶奶的故事里,心里对是非善恶有了最生动的感受。

"小年不如大年"。过了小年,人们对大年的盼望越发强烈,贴对联、穿新衣、放鞭炮、拜大年、收压岁钱,每一件事都那么有趣和精彩。

时光流逝,岁月无声。关于年的记忆始终萦绕在梦里,那温馨的亲情、快乐的时光和唇齿边的香甜,温暖了我的童年,也丰盈了我的心灵。

有趣的孤独

太阳落山,夜幕降临,二十多摄氏度的气温,最适合安静地读书或赏月。

秋夜,月明,夜静,风轻,气爽。

一个人,一杯茶,一本书。

一头扎进文字的海洋,任你遨游,你的思绪随着文字漫步在世界各地,甚至穿越时空漫步古今。

再或者什么都不做,只是闭上眼,静静地聆听墙脚的昆虫唱歌,享受大自然馈赠给这个世界的天籁,感受晚风不急不躁,徐徐而来,抚摸着发梢、衣角,一切被如水的夜色包围着,多像儿时窝在母亲的怀抱中那般温馨、舒适。

安静地感受世界的静谧之美,是夜晚难得的闲散时光,这也是我从来不喜欢参加应酬的原因之一。

每当夜幕降临,放下白天的喧闹与疲惫,静静地享受这份安静,是我们与自己心灵沟通的良机。宇宙关掉天灯,为的就是让我们为自己点一盏心灯,照亮自己内心的世界。

白天,我们睁开眼睛,透过喧闹,穿过迷雾,看世界;夜晚,我们闭上眼睛,关掉喧嚣,屏蔽纷扰,看自己。

和世界交流，是为了生存；和自己交流，是为了生活。

现如今，越来越多的人，工作之余，喜欢把所有的精力用于应酬，用于社交，用于呼朋唤友，从而忽略了家人，忽略了自己，根本听不见自己内心的声音。

酒桌上推杯换盏，云天雾地；牌桌上噼里啪啦，欢天喜地……摄入过剩的营养，消耗过多的精力，貌似生活很充实，可是于心灵和身体都是负担。

每一个黎明的到来，预示着催促我们奋力奔跑的号角再次被吹响；每一个夜幕降临，又何尝不是这个世界以这种方式让我们停下来等一等自己的灵魂？我一直认为，一个懂得享受静谧的人，才是真正懂得了生活。

"不将不迎，应而不藏"。

这是老庄留给世人的宝贵哲学，也是生命最舒坦的状态。

知足常乐，获得真正的自由

我们总是嫌弃自己不够这样，不够那样；也嫌弃他人不够这样，不够那样。

每个人都想追求完美的人生。

可是，人生真的会完美吗？

人生何尝不像写文章一样？

从上学初次接触作文，就经常听语文老师不停地念叨："好文不怕千遍改。"

可是，不论你怎么改，它仿佛总是不够全面，总是有欠缺，这就足以说明想达到完美，太难了。

人生不也是如此吗？

谁的人生能够全面又完美呢？

生活中，我们常常自责，也常常指责他人。不信你去听听，谁家不是锅碗瓢勺叮叮当当。

"你就不能温柔点？"

"你就不能大度点？"

"你就不能勤快点？"

"你就不能……"

她如果真能温柔，还需要你三番五次地絮叨？他如果真的是个大气量的人，还需要你一而再地指责？他如果真能勤快，还需要你再三再四地催促？

现实就是现实。想要一个人脱胎换骨地改变，太难了。

我们还是得学会接纳。

写文章写得久了，有时候看着自己的文章，就想根据文中意境描画几笔，配上插画。可是，碍于自己美术功底太差，无法动笔。一次，我专门去找一位专业的长辈学画画，想弥补这方面的不足。可是这位长辈没有教我，而是把我训了一顿："你这个孩子，你到底想干啥？写文，想写最好；做工作，想做最好；画画，想画最好……要知道，一个人精力是有限的，怎么可能让你样样都最好呢？"

当时，我特别想为自己辩解一句，我并非追求完美，我只是，也仅仅只是想弥补一点这方面知识的欠缺，以备不时之需，或者说疲惫之余，换一种方式陶冶一下情操，仅此而已。

可是，话到嘴边又咽了下去。

人与他人之间的矛盾，和与自己之间的矛盾是一样的，都是认识与认知的偏差。当别人对你的认识与认知与真实的你出现偏差的时候，你是不能解释的，你的解释就是掩饰，他们会说你在诡辩。

所以，人之人之间才会有误解，才会有不理解。所以，人总是在生活中生出各种各样的痛苦与矛盾。

其实，我们之所以活得不开心，就是对自己、对他人太挑剔了，不能勇敢地认识并接纳真实的自己与他人。

对自己太苛刻，所以活得拧巴与痛苦；对他人太苛刻，所以出现矛盾和分歧。

我们不停地追逐，终其一生，也只是在原来的基础上进步了少许，那顶多叫完善自己，而不是完美；当你觉得对方不够完美，你不停地指责，不停地絮叨，到最后，最牢固的情感裂了缝，不论你怎么修复也回不到最初。

所以，我们要知足常乐。要接纳不完美的人生，接纳不完美的他人，更要接纳不完美的自己。

接纳预示着你从内心对自己、对他人，可以实现真正的认同。接纳了，也就认同了，从而也就放过了；放过了，也就自由了。

所以，想要获得自由，接纳最真实的自己，找到自由，找回新生……

永不起皱纹的灵魂

有一位五六年没见的大姐，当我再次见到她时，竟然有种恍若隔世的久违的感觉。

记忆中的她，优雅、得体、有趣。一直以来，我都非常喜欢她。虽然她的年纪比我大了整整两轮，但丝毫不影响我们成为挚友。

我们之所以能成为忘年交，就是那时我觉得她活出了我自己想要的人生状态。每次和她交流都觉得很舒服，她为人简单、直率、善良、真诚，聪明但不精明，一举一动都是故事，一颦一笑都是风景。她性情幽默，我常常开玩笑说，她就是一个被生活耽误的喜剧家和段子手。后来，由于她随儿女移居国外，我们见面的机会少了。

"到底发生了什么？"我十分疑惑，曾经的那位优雅的女人，怎么真真就变成了大妈般的模样？

"唉，被生活磨砺的呗。老人、儿孙、柴米油盐以及生活的鸡毛蒜皮，再加上语言不通造成的内心的孤独和恐慌……"末了，她说，"我觉得我的心和我灵魂上的皱纹都纵横交错了。"

"灵魂的皱纹？"我问。

"是啊，人生的前五十多年我不谙世事，老了老了,又重新开始学着懂事、成熟……"

"可是,你并没有学得复杂,也没有学会圆滑啊。"我停顿了一下又说,"你只是到老了才学会为生活操心,如此而已,你这顶多算是吃苦太晚了。"

后来,我任由她山河决堤般不知疲倦地诉说着,不再打断她,我知道她压抑得太久,需要释放一下。

分别的路上,我反复地思考一个问题:成熟是什么?是长大?是懂事?是变得复杂,还是圆滑?

长大不应该预示着不开心,懂事也不应该是快乐的终止符。

长大应该是看惯了人间冷暖,看透世事无常后,活得更加通透、更加快乐了吧?

我们都长大得太慢,成熟得太晚。虽然成熟并不是圆滑世故的代名词,但是如果我们既不成熟,又学不来圆滑,吃苦、吃亏必定是常态。

我相信,真正的成熟应该是知世故而不世故,是达观而不是悲观,是通透而不是迷糊。

想到这里,我立马给大姐发了条信息。我说:"单纯善良的人,灵魂根本长不出皱纹。放心吧,哪怕你活到一百岁,你的灵魂也必定光洁如丝……"

看她秒回了一个笑中带泪的表情,我的心如释重负。

是啊,我们只是吃了点苦头,没事的。

更何况,人生哪有不吃苦的呢?

哪怕吃苦,哪怕吃亏,也要继续保持着那份单纯和善良。因为如赤子般善良的灵魂永远也长不出皱纹……

此刻正好，未来同样可期

秋分至，秋色平分秋色起，正是菊黄蟹肥时。

我爱这婀娜多姿的秋，她就像一壶窖藏多年的老酒，比春浓郁，比夏温柔，香而不腻，入口绵柔。

虽然她没有春的明媚，没有夏的热烈，没有冬的刚劲，但硕果累累的秋日，你放眼四望，多彩的山河总有一种别样的秀美壮丽。

当我们整天惯性地被功名利禄填满心灵，我们是否还能够从中抽身而出，去感受四季的变幻，静享眼前的旖旎景色？

当我们心灵的翅膀，疲惫不堪地遨游在这片世俗的海洋里，轻盈的灵魂是否早已被迸溅的浪花打湿，沉重得还能否跟上我们的脚步？

此刻，就在这秋分的美妙时节，软绵的晨风吹着，我突然莫名地开始想念……

我想念儿时的纯真。

在那个每个人都可以知无不言、言无不尽的时代，有着一种至纯至真的美好。

就像现在这美好的秋日。

即便白天不懂夜的黑，春天也不懂冬的美。它们各自独立，各自美丽，都是美好世界的一部分。

这世界正因为春夏秋冬，四季分明，才显得如此丰盈而美好。

《庄子·秋水》有云："井蛙不可以语于海者，拘于虚也；夏虫不可以语于冰者，笃于时也；曲士不可以语于道者，束于教也。"春夏秋冬，各不相同，但各有各的美妙。

所以，我热爱每一个季节，热爱自己不同时期所选择的每一条道路。选择之后，就笃定地坚守它，不人云亦云，不随波逐流。

哪怕孤独，也不盲目从众。

这是我对自己一以贯之的要求。

春夏秋冬，各自鲜明。

我们的生命，何尝不是如此呢？

让每一个鲜活的生命，各自独立，活出属于自己的美丽，活得像她自己，这是生命的从容，是社会的进化，也是文明发展的产物。

不论季节如何变换，让每个人都能笃定地相信：此刻正好，未来同样可期……

或许，这就是生命的美好。

超越功利的爱

下班回来,换上衣服,拿起铁铲到院子里翻地。一个小时的忙活,把所有地都翻腾了一遍,撒上了菜种子,种下新一轮的希望。

坐下来喘气的时候,才发现除了收获了一身臭汗,还收获了两腿的疙瘩。刚才只顾忙活,没发现也没感觉到脚脖子被蚊子咬了一个个疙瘩,停下来才发现,痒得我抓耳挠腮,浑身难受。

即便如此,看着被我收拾得平整的土地,仍然得意地向爸妈"报喜"。

爸爸说:"我终于知道你对这片土地乐此不疲的原因了。因为土地从来不会辜负你。你种下什么,便收获什么。"

是呀。一年四季,我播种不同的种子,便会收获不同的新鲜蔬菜。

想到这里,我对爸爸说:"这也说明你女儿对这片土地的热爱包含着功利心。"

老爸笑了,说:"这种功利心未必是坏事,它使你更加热爱生活。除此以外,你还得爱点什么,它能让你心灵舒坦自在就行。"

哦,我懂了,老爸说的不就是业余的爱好嘛,我有啊，比如，摄影、阅读、写作。

这些统统都是我的业余爱好啊，它们带给我的都是欢喜。

有时候，拍东西或者写东西，未必是为了发表，或者为了那点稿费，只为记录下那一刻，就感觉非常开心，这就已经是最好的收获了。

在这个世界上活着，人总得爱着点什么，这样才能让偶尔疲惫的灵魂有了安稳舒服的栖息地。

诚如汪曾祺所说："一定要爱着点什么，恰似草木对光阴的钟情。"

是的，没有功利，只为心灵的舒服与舒坦，无功利地去爱点什么。

不论你爱什么，哪怕别人认为你的这种爱好是无用的，只要它能让你感觉到生命的自在与从容，让你感觉到踏实，让你觉得此刻你是那么的从容，那么，它就值得你持续地爱下去。

你内心的充盈与美好，会让你超越功利本身，超越世俗的眼光，超越他人的言论。

在业余的爱好里，你就是你自己，你就是一个自在的人。自此，你便拥有了一种坚韧，这种坚韧能让你闯过生命中所有的难关。

人这一生就是经历一道一道的坎，渡过一道一道的难关。经历过许多苦难，你依然热爱生活，热爱这个世界，那么，你的爱就超越了功利。

只要你拥有这种爱，那么，生命中什么样的难关都不再可怕。

从此，我们乐观，包容，坚韧与从容。

"九死南荒吾不恨，兹游奇绝冠平生。"这是人生真正的豁达。我爱这个多彩的世界，像仙人掌爱着沙漠，像牵牛花爱着篱笆，像蒲公英爱着风……

只要向前走，就无愧于出发

近日，一位曾经一起工作过的战友发来邀请函，想聘请我为他和朋友共同创办的自媒体的首批"特约作者"，我认真看完他发来的信息，不假思索地答应了。

不为别的，我就为他和志同道合的朋友在为生计奔波的间隙，还能有这样一种情怀而由衷地点赞。

他很谦虚，说："刚起步，一切还没有铺展开，还在慢慢进行。"

我说："只要开始了，就没有到达不了的地方。"

且不管他们的自媒体将来能发展如何，我相信，他们为此努力，为此寄予希望的初衷，一定是美好的。我愿意相信他，也愿意付出自己的一份努力，给予一份鼓励和支持。

因为我相信：肯给予他人鼓励的人，必定是一个美好的人。人只有自己眼里有光，才能发现他人的光芒；只有自己心里有爱，才能发现这世间的爱和美好。

这件事使我不由得想起另一件事。

前不久，也就是2020年冬季下第一场雪的那天，下班时我偶遇一位姐姐，她说："王老师，又有什么新作没有？下雪天应该是写诗的日子。"

我说："今天有点儿忙，有点儿懒，还没有动笔哦。"

她接着说："你写得挺好的，我喜欢看。你发表的作品，我都认真看了，要继续坚持哦。"

我说："谢谢您的鼓励，我以后争取不偷懒，多写一些。回头发表了，分享给您。"

说完话告别后，回到家我感觉坐不住了。

心想，是啊，都下雪了，我得写点什么呀，况且，还有期待看的人呢。于是，我立即动笔，并第一时间分享给了那位姐姐。我告诉她，就是有了她的鼓励，我才有了灵感。

你看，鼓励的力量多么伟大而美好。

我觉得，一个人不论多大岁数，都需要来自他人的鼓励。适时的鼓励让人心暖如三月，让人心生希望和力量。

有时候，看似不经意的一句鼓励，对于被鼓励者来说，既是一种认可，也是一种鞭策。

不论此刻你正经历着什么，低谷或困境，倘若有人为你祝福，有人期待你好起来，我想，你一定可以想办法突破局限，跨越困境，战胜困难。

生活在这个世间，我们每个人都不是孤立地存在着。

我们的人生，不论活得多么独立，都免不了他人的参与。这种参与，或轻或重、或多或少地影响着你的心绪，乃至你的行为。当然，我希望我们总能被善意与积极的力量所影响，那样我们就可以朝着更好的自己，朝着更美的前方迈进。

如果可能，不妨做别人的贵人吧！

能扶持的时候，扶一下，帮一把，或许他的命运从此不同。如果实在没有机会做贵人，那就做一个善良的旁观者。哪怕伸出你的大拇指给予他人一份鼓励，这也算是一种支持。或许这份支持就是一股春风，一缕暖阳，在某个时刻，它便凝聚成一种磅礴的力量……

人生就像爬山，且不管最终能否到达无限风光的峰顶，只要向前走，这一路的温暖遇见就已值得。

我是一个达观的人。

我时常告诫自己，也常常鼓励身边的朋友：不论遭遇什么，请相信世间善良，未来可期，还有——人间值得。

如果想做一件事，就去做吧。要始终相信：不论如何，只要向前走，就无愧于出发……

像八月的桂花一样自由芬芳

上班时，刚迈上楼前的台阶，一缕清香随风而来。

"咦，哪里来的香味？"我自言自语，忙不迭地循着香气飘来的方向寻找。一回头，才发现原来是门前的几棵桂花树开花了，小小的黄花密密匝匝地压满了枝头。

"莫非已经八月了？"我一边诧异，一边翻开手机上的日历看：农历七月三十。哦，怪不得啊，明天就进入农历八月了。

我合上伞，不由得向后退了几步，停在了桂花树下。

头顶细细的雨还在飘飞着，落在我的睫毛上，像一层水雾，我就这样静静地站在桂花树下。我闭上眼轻嗅花香，这香气沁人心脾，心底那按捺不住的喜悦，使我不由自主地翘起了嘴角。

"这桂花真守时啊。"我向一个朋友夸赞道。

朋友说，"你真是个怪人，难道你不应该夸赞桂花的香吗？有生之年，我还真是第一次听到有人夸赞桂花守时的。"

是啊，"八月桂花遍地开"。进入八月，桂花就恣意盎然地芬芳开来。它在其他的月份里默默地生长，积蓄着能量。在属于自己的季节到来时，它勇敢把握住，恣意绽放，沁人心脾的香，美了整整一个季节，但凡有桂花的地方，处处皆是芳香。

因为喜欢桂花，我更加喜欢金秋八月。就像我因喜欢白雪而更加喜欢冬日一样。

大自然多么包容，多么博爱啊，它从来不操纵什么，任由每一个生命在属于自己的季节自由从容地生长。

蜡梅花在冬日吐蕊，迎春花在早春开放，桃花在三月芬芳，当牵牛花和凌霄花爬满了篱笆，月季花早就兀自一茬又一茬地妩媚生长。就连小小的苔藓，也能把握住属于自己的雨季，在短暂的梅雨时节，它们悄悄地美化着大地。

万物皆可敬。

或许，我们人类最应该学的就是大自然，最应该敬畏的也是大自然。我们应该再谦逊一点，再包容一点，就像大自然尊重万物生长的定律一样，让每一个生命都在属于自己的季节里绽放美丽，那样，我们的生活就会越来越美好。

每个人也都有属于自己的季节、自己的成长模式和生活规律。我们只要做好自己，循着属于自己的方式生长就行了。

无须着急，也不必慌张。不妨就像这八月的桂花一样，只管默默生长，到了季节，这世界任由你美丽芬芳。

收拾好爱的行李，带自己回家

自从在党校学习受困被救援出来，我一直"流浪"在外。住在酒店时，我处理了一些保险事宜以及个人事务，每天被同居一室的大姐热心照顾着，大姐细致且周到地安排好我们的一日三餐。

得知我的车被水泡后已报废，我的表弟和弟媳第一时间打来电话，说要把自家的车让给我一辆使用，怕我一个人出门办事时不方便。

我的姐姐打不通我的电话，连续给我充了三次电话费，就是为了保持我的电话畅通。

还有好姐妹，得知我的物品被泡后都报废了，多次问我需要用钱不，告诉我一个人在外，如果生活紧张，一定要张嘴说，它们会给我转钱。

不管我用不用，有这些心意，我心里得到的温暖已经够用了。

平日里，亲朋邻里都说我懂事，有情义。其实，只有被爱包裹着的人，才会懂得施与爱；只有被疼爱紧紧拥抱的孩子，才能学会体察世间的情感。

在最困难的时候，这些情意，这些爱护，这些关怀就从心底浮起，我们都习惯铭记温暖。在任何时候，在他人需要的时候，我都会以同理心对待他人，把爱、温暖、情谊再传递下去。

在所有关系中，什么人动的是心，什么人动的是情，什么人动的是嘴，生活本身就是最好的试金石。经历一次磨难，你生命中的所有人都会在你心中自动排列组合一遍。

应该感谢磨难，它帮你大浪淘沙。

把最珍贵的东西，留给最珍贵的人；把最珍贵的情，留给最配得上它的人。

生命有限，精力有限，有些事，有些人，该请出去的就请出去吧，把该珍藏的好好珍藏。

值得做的事，就认认真真去做，不要辜负生命。

留下真诚温暖的人，从此福祸相依，互相扶持，不辜负彼此的爱和信任。

感恩磨难，让我再一次懂得珍惜。

感恩所有温暖的相逢与相遇。

每天早上，最疼爱我的爸爸妈妈，还有最爱我的大姐和妹妹都会打来一次电话，说要开车来接我，我都一一拒绝了。

等我忙完手头的事务，我要赶快收拾好行李，以及这些天收集的爱和温暖，带自己回家。

谁的人生没有伤

偶然看到一位拾荒老人在垃圾桶里扒拉到一个塑料瓶时笑得十分灿烂,那一瞬间,我落泪了。

人,生而不易。我能体悟到别人的不易,却无力改变他什么。只是从那天开始,我就不再卖废品了。我把生活中使用过的纸箱和瓶瓶罐罐都分类整理后放到垃圾桶旁,不为其他,只为多看到几次那样的笑。我知道,我这样做帮不了多少人,但是至少帮一个算一个吧。

曾经,我从仅有的千元工资中挤出一部分去资助几个孤儿,我也偶尔给他们买些学习用品,帮不了大忙,我只是想在他们幼小的心里种下一份对生活、对未来的信心和希望。或许有了这小小的希望的火苗,他们便能有勇气面对暂时的困境与苦难。

每个人生活得都不易。不管你是立于高岗还是低谷,不管你是乐观还是悲观,只要生活在社会的熔炉里,一样都会得到淬炼。

没有谁从生下来就能一帆风顺到永远。

但凡活着,生活中处处都可能有苦头要吃。

事业,爱情,生活。

你且看那一个个半夜酩酊大醉的人,有人哭,有人笑。笑的人活得潇洒，哭的人必定心酸。每一场痛哭流涕的背后，不知道是积攒了多久的憋屈。

你不是他，就不要随便去指指点点。如果你把他经历的苦都一一尝遍，你或许还不如他活得勇敢。

有时候，反倒是醉了的人能够看清生活的嘴脸。是生存还是灭亡？他需要努力挣扎一番。

或许醉了的那一夜，他曾不止一次扒着窗户往下张望，如果他再懦弱一点，或许生命从此就定格在了那一瞬间。如果不是不得已，谁会选择懦弱，而不选择勇敢呢？

我们都以不同的方式在生活里抗争着。谁的人生没有伤？

只要还有希望，我们就能靠着那希望的火苗，把信念再次点燃，从而照亮黑夜，奔向明天……

静静的美好人生

年龄越大，越喜欢安静。

上班时，静静地处理事务，不串门，不唠嗑，不闲扯；下班后，静静地做家务，不逛街，不聚会，不玩耍。

这种状态是不是和年龄有关呢？我也没琢磨透。反正不知道从啥时候开始，突然就觉得自己更喜欢独处。

不喜欢闹腾。

不喜欢群居。

只想一个人静静的。

每天，静静地工作，静静地看书，静静地写稿。

回家后还是静静的。静静地做家务，静静地侍弄花草与巴掌大的小菜园，或者剪几枝自己培育的月季学着插花，插好后摆放在餐桌上静静地欣赏，那感觉甚是美妙。

偶尔坐在树荫下，轻轻的软风静静地吹着，心中烦乱的思绪也能很快被抚平。

有时，心血来潮时，想出门透透气，行走在喧闹的街上，碰上泼妇骂街，感觉耳朵难受，唯恐避之不及，只好返回。

有时候，周末开窗透风，听见楼下刺耳的叫骂声，只好赶紧把窗户关严，把这种市井的喧闹堵在窗外。

打开播放机，也仅仅播放轻音乐，所有旋律都是静静的，就像溪水叮叮咚咚地流淌在心间，除了美妙空灵的音乐声，没有任何噪声和喧嚣。

别人都说夏天很热，我总是感觉不到，仿佛自己在心中搭建了一座凉棚，能自动遮阴一样。

静静地坐在办公室或家里，开着窗，任风透过窗纱的缝隙轻轻地吹着，哪怕有细密的汗水渗出，也觉得一身凉爽。

面对大餐，也不再贪吃，静静地品尝粗茶淡饭中蕴藏的大自然馈赠的美好。细碎葱花的香、黄瓜淡淡的甜、麻椒淡淡的麻……都是不张扬的静静的美味。

在静静的状态里。味蕾也回归最初的敏感，能够品尝出每一道平凡的蔬菜中原有的清香。

身体轻松了，心情也好了，不论做什么事都感觉精力充沛，感觉生活有奔头。

风，静静地吹拂；树，静静地摇曳；花，静静地开放；瓜，静静地生长……

静静的岁月，静静的生活。

让火热的生命不动声色地活在沸腾的生活里。

静静的，真好。

及时"打气儿",奔赴美好的下一站

一天下午,同时有两个朋友向我咨询同一类问题。

一个朋友家里出了点意外,被折磨得心情很糟糕,害怕处理不当,将来有啥后患,为此他整个人变得很焦虑,状态很蔫儿。

于是,他向我取经,问该怎么解决。

我说,没事,既然都处理好了,那就放下它吧,继续正常地工作生活。不要老是把问题捂在心里,又不能捂热、捂熟了当饭吃。

另一个朋友说,几十年来,他压力一直很大,没有真正轻松与开心过。

我说:"你是自找的。明明你的生活比许多人过得都好,可你还是不知足,天天瞎折腾,没事瞎琢磨。你不累,谁累?欲望要适可而止,别让欲望把自己提溜得寝食难安,那样就失去了生活的意义。如果你的生活整天都是焦虑不安的状态,从来没有认真地体味过此刻的生活,即便将来你很有钱,从某种意义上来说,你这一生也是失败的。因为财富,并不是成功的代名词。你从来就没有从自己的奋斗中感受到快乐、知足与踏实感,时间久了,你就是错过了自己的一生。"

朋友哈哈大笑说："所以，我就想和你聊聊，每次和你聊过之后就感觉心里特轻松，瞬间元气满满了。"

"天呐，莫非我具备充气筒的功能。你们被生活扎了胎撒了气儿，找我聊聊就充满气儿了，以后不免费打气儿了，收费啊。"我开玩笑道。

"真羡慕你的状态。虽然一直以来你并不富裕，可是你的心里是富足的，你总是能安心享受每一顿普通饭菜中的简单，总是很知足；你很少呼朋唤友，虽然让不明就里的人看来，你很清高孤僻，但是你却能够静心于自己的独处，能从中感受到快乐与舒适。"

《淮南子·诠言训》有言："省事之本，在于节欲。"

适当地节制欲望，能省去许多无妄之事。

一菜一粥里，自有简单的幸福。我们又何必非得追求山珍海味、龙虾鲍鱼？

生活中大部分不痛快产生的主要根源就两点：一是想得多；二是欲望多。

人这一生，就像我们开的车子。只要你上路了，随时都有被钉子扎的风险与可能性。

车子开长了，春夏秋冬热胀冷缩，轮胎也有可能出现慢撒气儿。

一旦车子轮胎扎钉撒气儿了，咋办？补胎充气呗，多简单的道理。

人生在世，从出生到死亡，几十年的漫漫长路，平坦顺当，坎坷跌宕，都在所难免。

一生那么长，一路上哪能不遇个坑，遇个沟，扎个钉，撒点气儿的。

对车子我们都知道要定时进行检修保养，校正一下方向盘，剔除一下轮胎里塞的石子儿与杂物，充点气儿，上点油儿。我们也要学会时常"检修"自己啊，及时剔除内心的杂念，一旦发现自己内心的"方向盘"偏了，或者那个无形的"轮胎"被现实的钉子扎了，或慢撒气儿了，那就抓紧给自己校正方向，给自己打打气，继续踩着油门，奔赴下一站的美好旅程……

你是我怎么都不会弄丢的人

一个好多年没有见过面的发小突然发来信息。

她告诉我，刚刚她正在读我的新书时，她的女儿好奇地问作者是谁。

她告诉女儿，作者就是自己的发小。

于是，小孩子问长问短问东问西，然后又问作者在哪里。

这个问题难住她了。二十年来，我们竟然从来没有问过彼此住在哪里。

为了不让女儿失望，她想了想说："她住在我心里。"

"对啊，我就是住在你心里。"当她讲给我听时，我打趣儿道。

这些年，我们像小时候一样，彼此没有联络，却从不曾断了牵挂与想念。几十年了，我们何尝不是住在彼此的心里？

确切地说，从小学到初中，我们都亲密无间，一起吃，一起住，一起读书，一起写作业，一起上下学。可是初中毕业后，我读了师范专业，她读了会计学，我们就算真正地分离了。

或许是她情商远远高于我吧，她早早就开始了恋爱，被一个外地的臭小子拐跑了，而那时还未开窍的我，一听说爱情便嗤之以鼻。

虽然历尽波折，但她最终仍然选择跋山涉水嫁给了爱情。那时候，我虽然不苟同于她选择早早结婚，但还是真诚地祝福她有情人终成眷属。

她嫁人时，我还在求学。

结婚后的她从此相夫教子；求学的我，则辗转于世界的各个旮旯。

自那以后，我们各自疲累于生活，奔忙于事务，很少有联络。

后来，虽然加了微信，却从没有见过面。我们两家的距离不超过五百米，这些年彼此回家也从来没有碰过面，我们并没有刻意寻找过对方。但奇怪的是，我们之间不论何时打电话，从来不需要客套，就像亲密无间的儿时时光。

我们之间，不问过去，不问现在，不问将来，想到哪里说到哪里。我俩的友谊，或许就像空气一般，看似不存在，却始终伴随我们生活的时时刻刻。

她常常说："知道你是大忙人，我从来不打扰你，但在我心里的某个角落永远有你的位置。"

我没有刻意思考过，也没有质疑过我们之间的友谊，一点质疑的念头都没有。

即便偶尔想起对方，在微信里闲扯一句，她从来不问我的生活与工作，我也从不询问她的一切，我们就像小时候一样地纯粹。虽说生活中我俩已没有任何交集，但是我们又确确实实在彼此的生命中笃定地存在着。

偶尔想起时也会很想念。奔波于匆忙的生活中，各自忙碌，谁也不管谁，但无论怎么样，我们就是彼此怎么都弄不丢的人……

我没有思考过真正的友谊是什么。我想：不论世事如何，不论境遇如何，不论联络不联络，虽然也会常常遗忘了对方，却从不曾弄丢了对方，彼此一直都稳稳地住在彼此的心里。毫无疑问，这应该就是一辈子都散不了的友谊吧！

学着照顾好自己

在小妹的婚礼上,小妹第一眼看到我们出现的瞬间,眼圈就红了。

那一瞬间,我懂了。

也许她曾不止一次地憧憬过今天的这一刻,也许她憧憬的时候一切都是幸福的,可是直到这一刻真的来临与发生时,她才明白,那过去的种种时光再也回不来了。

此时此刻,她眼泪中的思绪,必定是滋味种种。

在这种情境下,受她的感染,我也忍不住红了眼圈。我极力控制住自己的情绪,上前拍了拍小妹的肩膀,说:"别哭了,妆花了就不好看了。"

婚礼过程中,看到她多次红了眼圈,我们内心也酸酸的。姐姐曾说过,女孩子不能远嫁,将来会孤独。

是啊,将来生活的种种会羁绊着你,不是想回来就能回来。远嫁的闺女,从此就真的变成了远飞的大雁,再飞回来时,得看时节。

举行完婚礼,用过餐之后,我们离去之际,在送别的人中,我也算是代替父母对她的婆婆说:"阿姨,不管在我们家里,还是在我们眼里,颖颖还都是小孩子，今天嫁人了，就是大人了。可是我们一直把她当孩子宠，总认为她没有长大。希望您以后把她当成自己的姑娘，该疼爱就疼爱，该教导就教导，该批评就批评，该指引就指引。她从我们家来到这里，今后就仰仗您了。"

阿姨说："我就是把她当闺女嘞。"

我发自肺腑地说了声："谢谢您，请您多担待，以后就拜托您了！"

离开时，我对妹妹说，而且也只能说的是："从今天开始，你就是大人了，学着照顾好自己。"

我相信她会懂的。女人在特殊时期的成长是火速的。

以前，当她告诉我她谈恋爱的时候，我总是告诉她，该任性就任性，谈恋爱时不任性，啥时候任性呢？这样才能看清一个男人是否真的爱你，是否有包容的气度和胸怀。

而今，他们修成了正果。这说明，他们都闯过了彼此内心的关卡，胜利过关了。

两个陌生人从相识、相爱，到如今要真正地相守了，不知道往后的路会经历多少跌宕，她该长大了。

学着照顾好自己，才能不完全依仗他人，才能独立而自尊。哪怕是再亲近的人，我们也不能完全寄生于他，依赖于他。那样，你终究会失望，也终究会失去自我。

我们每个人的独立，其实从脱离母体剪断脐带的那一刻便开始了。只不过，我们身边因为始终有父母这个最大的靠山，我们没有实现过真正意义上的独立。

结婚，是女人一生中第二次投胎，也是真正意义上的独立。父母再也无法与你同行，再也无法近距离地感受你的一切，或许，这便是长大的开始。

我知道，未来必定有无数的风雨需要小妹亲自蹚过去，我仍然希望她今生永远都不要经历风雨。如果真的躲不过，至少在风雨来时，有人为她撑起一把伞，挽起她的手，坚定地陪她一起走，甚好。倘若没有，自己也有能力、有底气、有实力闯过去，而不必在困难面前绝望、恐惧与畏缩。

时光不会倒流，人生也不能回头，我们总得学着独立去面对与经历新的生活。

在我看来，每一位敢于走进婚姻的人，都是真正的勇士。

小妹不哭，学着照顾好自己，未来可期……

岁月不负韶华，土地不负汗水

晚上下班后，我在院子里翻地种菜，看到前些天撒下的种子已经郁郁葱葱了，心中甚是欢喜。

父亲说："看，找到乐趣了吧。只要你认真耕耘，土地从不会辜负任何人。"

对此，我深以为然。

小时候，和父母一起去庄稼地里薅草，我总是挑大棵的薅，小棵的就剩下了。心想，等庄稼长高了，它们也成不了气候。每次被父亲发现后，总是狠狠地批评我，并命令我必须重新返工薅干净。

我不服气地嘟囔："邻家地里也有草，怎么没有影响庄稼生长？明明就是你吹毛求疵。"

父亲说："别人是别人，我是我。我不允许我的庄稼地里野草比庄稼还要多。作为一个农民，如果连自己的土地都经管不好，那说明他这个农民就不合格。"

播种季节，每当土地被机器翻过之后，父亲总是让我们在地头打坷垃。我们总挑大块敲敲就算完事。可是父亲见了不允许。他命令我们重新回头找一遍，一个小坷垃也不放过。

"地里有几块坷垃多正常啊，下雨后它们自己不就碎了？更何况，明明就没有多大的块，谁家地里还能没有几块坷垃呢？"

父亲说："如果不下雨呢？种子播下之后，一旦发芽被坷垃压着，苗就出不来了，误了一季的收成啊。"

后来闲聊时，我问父亲："你种地这么认真，万一遇上灾年，颗粒无收，那岂不白白辜负了你的汗水和辛勤劳动？"

父亲说："自古以来'一分耕耘一分收获'，如果遇到灾年颗粒无收，那是我个人无能为力的，那就认命。灾年有没有？有。但那是小概率事件。常态情况下，每块土地都不会辜负任何忠诚对待它的农民。我们不能因为可能会遇上灾年就不认真耕种了。认真耕种，有可能会颗粒无收；但不耕种，土地自己绝对长不出庄稼来。这是大道理！孩子啊，在这世上，一定要走大道，要踏踏实实，要靠辛勤劳动去收获果实。任何时候，都不要心存侥幸，不要投机取巧，不要走歪门邪道。"

对父亲的这番话，当年的我虽半信半疑，还有些不服气，但也不敢有丝毫忤逆。只是仍想不通，父亲做事干吗这么较真。

长大后我发现，我竟然毫不走样地成了他的模样。当有人指责我做事太较真的时候，我才彻底明白父亲当年对我们的那份苛刻，以及他对土地的那份较真。

作为一位农民，父亲当年的那份较真，分明就是对土地无限的忠诚。

……

就这样，当我在菜地里忙活完，进屋换掉脚上的泥鞋，洗干净手坐在沙发里消汗时，儿时的一幕幕翻滚在脑海里……

我的父亲，那个较真的老头，这么多年来，我对他的爱，对他的千丝万缕的复杂情感，突然就像一碟加了芥末的蘸汁，鲜美中夹杂着呛人的味道，刺激得我两行热泪在脸上滑行，熨烫着心灵的沟壑……

不是难办，而是你从来就没有去办

家里的一个花洒坏了，我找人帮忙换了一个，由于是和其他物品绑定消费的，也不知道具体价钱，可是花洒安装后，却总是放不出水来。

后来咨询了专业人员，拍给别人看时，说是因为质量太差，压力达不到，所以根本就不出水，我这才知道原来是被骗了。

每次打开它，看着喷出来的水淅淅沥沥的，简直比毛毛雨还微小，我就索性放弃了它。

后来，我去了许多店家咨询，可是单买一个花洒，人家都不负责安装，所以，就那样，整整一年，那个花洒我再也没有使用过。

我一直以为，要动用扳手、钳子之类的大家伙，我一个女孩子肯定弄不好，于是就把这事搁置下了。

因为讨厌这个不能使用的花洒，我索性把它扔在了地上，长久躺在卫生间潮湿的地上，它早已锈迹斑斑了。每次看到它，就特别厌恶。不知道为什么，最近突然特别想换掉它。

于是，自己从网上搜索想买的款式。到货后，对照着说明书研究如何安装。没想到，三下五除二就让我换好了。打开水龙头，哗啦啦，水流得很密实，柔柔的，润润的，甚是美哉。

突然，我笑了一下，笑自己的傻，也笑自己的懒。

这个总让我以为自己不会安装的花洒，多像平时生活中那一扇虚掩着的门啊。

许多时候，我们总是用自己的意念想象着生活的困难重重。其实，许多困难不过就是一个"纸老虎"、一扇虚掩的门，所谓的困难不过是自己从不行动而已。再难办的事，你总得去做了再说吧？你压根连开始都没开始，就口口声声说难办，这明显是对生活的敷衍。

"我不会呀""真的难办呀""不容易啊"如此等等，这既是懒惰者的挡箭牌，也是懦弱者的借口。

诚然，没有一个人喜欢刚出发时就遭遇重重困难，可一旦遇到困难与问题，总得想办法去解决与克服，而不是用"我不会""我不行""太难办了"等理由作为借口。

试想，谁生下来就无所不能呢？所谓的能做成事的人，不就是因为人家不怕困难，遇事勇敢去做，而不是懦弱地去躲，久而久之，才练就了一身过硬的本领吗？

"道阻且长，行则将至""为之则易，不为则难"。

这些古训说的都是此理。或许，这世上从来就没有容易的事。

有些事，即便你再努力，也仍然做不好；有些事，但凡敢于去做就可以做好。所以，不管事情是难还是易，至少我们得先行动起来，试试再说嘛！

人生多半为闲情

中午下班回家,趁别人午休的间隙,我准备抓紧时间整理菜地。

进门赶紧换上运动鞋,戴上一次性手套,拿起剪刀,先把已经成熟的香菜与菠菜收割了;再拿出铁铲一铲一铲地把土地翻新了一遍,重新松松土;然后把买来的荆芥、黄瓜、紫苏等种子一一播下,又撒好软土覆盖,抻好塑料薄膜,再把四角压结实才算完工。

这一番折腾,看似不起眼,却用了我整整一个午间时光。

用袖子抹一下额头的汗水,抬头才发现此时阳光正好,春风也正好。

刚好忙完的我带着一身的汗水与双脚的泥土,把自己撂在了院里的秋千椅上,悠闲片刻。

"唉,你呀,真是闲不住,种那么多菜干吗呀,实际上你又能吃多少呢?"邻居大姐隔着篱笆墙开始说道我。

"是呀,可是人生有多少事是为了吃呢?就像我种这一院的菜,哪怕不吃,每当回家看着满院绿油油的,生机勃勃,就觉得生活充满了希望,充满了奔头，生活过得才有意思嘛。"说起这些，我的脑海瞬间浮现起自己一次次不厌其烦劳作的场景。

"你看你，一说起种菜就两眼放光，就冲你这个劲儿，你又怎么可能仅仅会为了吃它们而播种，我看你也不过是闲情罢了。"大姐看穿又揭穿了我的小心思。

是啊，人生多半为闲情啊。

或许，我更享受这个过程吧。养花也好，种菜也好，看着自己亲手播种的种子一天天地生根、发芽、拔节、生长，盼着它们从一小粒不起眼的种子逐渐破土而出，再一点点长成绿茵，就觉得生命是一件妙不可言的事情，就连生活都充满了希望和盼头。

人活一世，劳苦半生，吃穿能用多少呢？五尺身，一个胃，也不过是一身布衣，一瓢素饭，足矣。

生活其实很简单，倒腾来倒腾去，也不过是为了去实现心中那些美好的向往罢了。

或许这份向往就寄托在那些闲情里；恰恰就因为那一些闲情，平淡的日子才溢出许多许多的趣儿来……

把泥坑踩成康庄大道

同朋友聊天时,听到一个故事,我在唏嘘的同时,不禁对这名年轻人产生了由衷的钦佩之情。

一个刚参加工作的年轻人,没有任何背景,仅仅是因为业务能力强,吃苦耐劳、踏实能干、品行出众,连年被总部提拔。前不久,还不到三十岁的小伙子被提拔为公司项目一把手。按理说,这的确是件大喜事。可这时就有人出来给他捣蛋。据说,公司的其他负责人看他年轻出众,怕将来有一天超越自己,于是处处捣乱,与外人里应外合地给他挖坑,甚至不惜损害自己公司的利益。

有前辈实在看不过去,及时叮嘱年轻人:"凡事一定要小心,既然碰到小人了,平时就要多长点心眼儿,别掉在别人故意挖好的坑里了。"

年轻人淡淡一笑,说:"没事。过的坑多了,走起路来就不会觉得坑坑洼洼了,终有一天可以闭着眼把坑当成平路走……"

听闻此事,我很欣赏这位年轻人身上的勇气和果敢。

漫漫人生路,除了自然的风雨,还有人为的障碍,每个人都得练就一颗坚强的心,才能"勇闯夜路不怕鬼，勇蹚泥路不怕水"。

记得当年我刚调到一个新岗位，去报到的当天，就有人给我出难题。

一位正直的领导实在看不惯，像长辈一样提醒我说："他是给你挖坑呢。"

那一瞬间，我内心五味杂陈。既为被人无端刁难而难过，又为这世间还有正义而温暖。

有时候，给我们挖坑的人和提醒自己有坑的人，可能与我们都是素昧平生，你也不知道自己哪里得罪过谁，哪里又感动过谁。通过一件事，我们就在短短的几分钟内，认清两种不同的人，可以瞬间让你成长，这是一笔巨额财富。

我们不要怕前路有坑，也不要怕别人给我们挖坑。擅长给别人挖坑的人，总有一天，他挖的某一个坑是用来填埋他自己的。因为给人抬轿者，在他需要坐轿的时候，自会有人在他脚下垫一把椅子；给人掘墓者，总有一天，他所掘的某一个墓穴是留给他自己的，甚至还会有人填上一铲土。

不要急躁，时间自会做出判决。

我总是告诫迷茫的小伙伴们，生活固然艰难，但不要怕。莫管前方是山川河流、清风明月，抑或狂风暴雨、荆棘泥泞，都须勇敢面对。

无论顺境或逆境，都要好好走，勇敢坚强，积极乐观，笃定前行。

遇坑不用怕，总有那么一天，你终将会笑着把每一个泥坑踩成平路，走出一条属于自己的康庄大道，然后等你再回头看自己曾经走过的那些坑时，身后早已是绿草茵茵，风光旖旎……

怀揣一颗喜乐心，悠然前行

生活需要仪式感和小惊喜。

今天，我告诉我们部门的已婚男士们，以节日的名义，允许大家早退，抽点时间上街给媳妇买礼物。

这不是矫情，而是通过这些仪式和惊喜，让我们知道自己被爱着，被重视着，从而更加坚定、更加愉悦地在艰苦的人生里温暖前行。

每个节日，我总为自己准备一份礼物，以节日之名犒劳一下辛苦奋斗的自己，给自己以鼓励，激励自己在未知的路上勇敢前行。有能力给予自己一份喜悦的时候，就要满足自己。为着这份喜悦的持久性也要继续努力，以昂扬的姿态，欢喜前行，这也是奋斗的意义。

我是一个常常为小欢喜就欢呼雀跃的人，也常常为一些小事而高兴，生活中那些连绵不断的惊喜在生命的河流里荡漾成美丽的涟漪。

有人认为这是不沉稳的表现，一点小事而已，有啥可咋呼的。

为小确幸而雀跃，拥有有点糖就甜蜜蜜的心情和情怀，这样难道不对吗？

作为小人物，一辈子能摊上几件大事？适时地放大幸福，拥有一颗时时处处都能快乐的心，人就会常常感觉到欢喜和幸福。

一个人一旦拥有这种劲头，整个人活得就有精气神。

其实，我们身边许多人坐拥着幸福却不自知，总感觉幸福离自己很远很远，终日郁郁寡欢。这些人不是没有幸福的条件，而是没有幸福力。没有幸福力的人，对天大的幸福视而不见，对微小的挫折却格外敏感。我们要学会为生活欢呼，生活必然会多出许多快意和顺遂。

不管活得精彩也好，细腻也罢，人生在世，简单纯粹就好，让世界因你的热情澎湃而更精彩。

不论什么情况下，都要记住，不必常常自怨自艾或者怨天尤人。

不论世事怎么沉浮，通透明亮地前行，从容也是生活的智慧。

对于从容的人来说，生活的喜怒哀乐就像钢琴的黑白键，他们总能游刃有余地奏响属于自己的乐章，或高亢激昂，或欢畅淋漓；或小桥流水，或恬淡自然。无处不妥帖，无处不自在。

常为小事开心，从容面对生活。不急不躁，不悲不怨，怀揣一颗喜乐心，悠然前行，前方自会有美丽的风景……

最好的岁月

周末回家,一进门就发现阳台上的花开了好多,一屋子的春天包围着我,瞬间感觉心情都芬芳起来了。

沏壶茶,拿本书,坐在花丛中,轻嗅花香,细品清芬,漫读诗书,笑意不由得爬上嘴角。

有诗、有花、有书、有茶陪着,我从来不曾羡慕谁。

每天出门看到和谐美丽的大自然,进门看到兀自生长的花草,一切都能令我感觉到生命的美好与内心的满足。

我从不与谁攀比物质的多寡,因为我知道它们通常与开心不开心无关。

"茶能醉人何必酒,书能香我不须花。"

赏花、品茶、写诗、阅读,是那么安静与美好,每天沉醉其中,根本体会不到世间的浮躁与喧嚣。

如果你想亲闻昙花的清香,那就在夜里披衣而起,静坐花前。

如果你想感受夜晚樱花的惊艳,那就于傍晚坐在树下,等着风把一簇簇花瓣吹落到你的额头,你的眼前。

如果你想欣赏牵牛花的美丽,那就在清晨早起,赶在太阳升起之前和它相伴。

　　如果你想领略太阳花的灿烂,你就迎着烈日等到中午时分,因为正午时分太阳花开得最艳丽。

　　你看,花开花谢,日出日落,它们都有属于自己的生长规律,这样的不同造就了世界的美丽,人生亦是如此。

　　我最幸福的时刻,就是和一朵花说话,陪一株草生长,在周末的暖阳里静静阅读一本书或浅饮一杯淡茶。

　　我从来不会责备亲人或朋友和我联络得多少,我能够理解有时候不打扰就是最好的成全。

　　成年后,我和父母之间也保持着安全的距离,这种距离刚好留给思念。这样刚好的距离,成就了舒适的情感,使得父母和儿女之间好多年来相看两欢。

　　或许以后,我仍然会孑然一身,但我定然不会感觉孤单,诗、花、书、茶相伴依旧,给我温暖,给我美丽,给我芬芳,生活依旧继续。

　　春夏秋冬,四季轮转,每一次花开花落,每一杯茶浓茶淡,每一首诗的起承转合,都是那么的妥帖。

　　生命如此,何尝不是最好的岁月?

赠君一枝梅

周末,阳光明媚,柳绿枝头。

朋友邀约在这春光乍泄的美好时节,一起去"三友园"赏梅。

迎着一路的春风,我们一行人奔向"三友园"。

刚到园外,隔墙就嗅到醉人的香。循着这扑鼻的香而行,我们步子轻巧又缓慢,唯恐扰乱了花开的节奏。

我们轻轻地走进园里,看蜡梅恣意怒放,芳香四溢。红梅盛开,正是娇艳欲滴时。园里各种花香混合在一起,营造了一个美丽芬芳的春天。

我们行走在梅林中,脚下是松软的泥土,不时会踩到落在地上的花瓣。有时候,不得不侧身弯腰才能过去,唯恐碰撞上头顶的花朵。有时会有一枝突然从前方伸过来挡住了去路,实在来不及躲闪,撩着我们的秀发,飘落的花瓣沾在发丝上,叫人不忍心拿掉。我知道,即便拿掉,发间也会遗留着梅花的香。

我们就这样漫步于梅林间,直到月斜西坡。

突然,一好友在我前面,抚摸着开得最美、花朵最多的一枝对我说:"来,赠你一枝梅。"

见他欲折下，我急忙阻拦："不！还是留在枝头吧，让更多人享受它的美丽与芳香。"

她说："我觉得只有你配得上她的美。"

我笑着说："其实，你已经送了我一个春天。"

朋友愣怔了一下，也笑了。

我知道，这世间美好的东西太多太多，有些美好，我们只需远远欣赏就可以，不必拥有。就像这梅花，我看过它的美，嗅过它的香，它已经和春天一起永远地刻在了我的心中，对我来说，就算真正地拥有了它的美。

我跳过一地的花瓣，顺势蹲下，捡起落在泥土里的一朵一朵的花儿。有的花瓣朝上，仍保持着完整的模样；有的估计是飘落时散在了泥土里，花瓣零落……

我把散落在泥土中的花一一捡拾起来，放在掌心，刚准备嗅一嗅，手还没到鼻子前，香气就一下子沁入我的心脾。

不用折枝赠我梅，因为我早已收获了一整个春天……

掀开记忆的酒窖,醉回当年

有些记忆,像胎记一样,它伴随生命的长度,让我们携带终生。

又到了"人间四月天",这是一年中最美好的季节。

此时,世间万物,哪怕是冬眠的生命体,也都开始萌动与躁动,重新迸发出生命的生机和活力。

居家的日子里,亲人们来给我送吃的,除了馍和菜,还送来了三十年前的记忆——豆酱蛋。

"哇,这可是稀罕玩意儿,真是久违的味道。"看到这个东西,我真的很惊喜,这比我看见鸡肉、鸭肉、牛肉、羊肉都开心。我好多年没有吃过豆酱蛋了,真想那一口啊,梦里都常梦到和奶奶一起做豆酱蛋的场景。

我的记忆一下子被拉回到三十年前。

那是一个物质贫乏的年代。

我记得,那时候,每到草长莺飞的四月,奶奶总会找来自家收割的黄豆,挑选掉烂的,去除杂质,整理干净后,用带釉的陶盆把黄豆泡在新打的井水里,泡上一天一夜,待黄豆充分泡发后,控干水捞进大铁锅里,再兑水,水刚好没过黄豆即可。然后开始大火煮，不大会儿工夫，锅里就会冒出豆香味，真是馋人。这个时候，还得继续用小火焖，直到焖得即便掉了牙的老太太和没长牙的孩童也能嚼碎，才算煮好。

煮好的黄豆沥干水后，放进干净的大陶盆里，盖上被子捂着。至于捂的时间长短，根据自家屋里的温度而定，没有统一的标准。可以每天掀开看看，用手试试能不能拉出丝，只等到黄豆能拉出长丝就可以了。

小时候，我对万事万物都充满好奇，大人干啥事，我都要在旁边观察、研究，碰到不明白的就发问。因为好奇心重，还经常因此挨骂，但是我并没有因为挨骂就减少好奇心。比如，偷看奶奶捂着的黄豆是否拉丝，也是我每天的功课。

就是因为奶奶能包容我所有的天性和任性，所以在奶奶面前，我不需要遮掩自己的好奇心。

我每天掀开被子用小手去摸，一旦发现黄豆可以拉丝了，我便第一时间告知奶奶。

于是，奶奶就会亲自去看一看，验证一下。当她觉得可以的时候，就会赶紧把被子拿掉，洗干净手后开始揉搓已经拉丝的黄豆。这时，我也常常给奶奶帮忙，来帮忙是假，凑热闹是真，两只小手抓着拉丝的黄豆玩。那么多的黄豆，你挨着我，我挤着你，互相粘连在一起，拉出的丝像蚕丝一样，千丝万缕地粘连着。黄豆在我的小手里扔都扔不掉，常常搞得两只手黏黏的。

只要不捣乱，奶奶根本就不管在她跟前凑热闹的我。奶奶按着自己的步调该干啥干啥，她有步骤地放上油盐佐料，把它们团成团，这个时候，由于水分多，有点稀，根本团不成圆团，只能捏成一个扁扁的疙瘩放在高粱秆编织的锅盖上晾晒着。

等到晒了三两天，差不多晾干了表面的水分后，再把这些疙瘩一个个地倒在盆里捣碎，一个个的小团子又掺和在了一起，变得你中有我，我中有你了。

经过几天的晾晒，已经晾干了一部分水分，这一次要比第一次好团多了，可以团成圆圆的好看的团子了。大小可根据自己的喜好而定，我奶奶总是把它们团成鸭蛋大小的团子，奶奶说："这不是最后一遍，不用太讲究，晒得差不多的时候，还要再捣碎一次，直到最后一次，根据口味，还要调整。"

等到最后一次捣碎的时候，就要分盆了，要根据不同的口味调制。把捣碎的豆子分开放两个盆里，一部分直接团好晾晒；另一部分撒上辣椒面揉进去。这个时候，再团团子的时候就会尽量团得小一些，圆一些。这样既好看，又利于晒透。晒得越透，越便于储存，储存的时间很长，甚至可以放好几年。

我记得我们家每年都会做好多，屋顶上铺满了大大小小的高粱秆锅盖，甚是壮观，但是一般从来没有放到过第二年。一旦晾晒好之后，奶奶就会分给亲朋好友和左邻右舍的。

那时候虽然穷，但是奶奶和妈妈从来也不小气，或许因为我家户大地多，每年的收成好，多做一些分发出去，也从来不当一回事。

分剩下的豆酱蛋用透气的袋子收起来，想吃的时候，可以直接切碎，淋上小磨香油即可夹馍吃；也可切碎后，放点葱花，再磕一两个鸡蛋放进去打散，放锅里一蒸，蒸熟后再淋上小磨香油，夹在刚出锅的热馒头里，咬一口，哎呀呀，现在想想就忍不住流了哈喇子……

那时候，豆酱蛋是农村人餐桌上的家常菜，能放点小磨香油或者打鸡蛋进去的，已经是生活水平差不多的家庭了。

随着社会的发展，物质水平逐渐提高，我都有三十年没有吃过豆酱蛋了，我们家也很少做了。现如今一年四季，什么新鲜蔬果都不缺，走进超市都能买得到。

可是，童年的记忆早已烙在身体里，血液里，伴随着生命的存在，谁也无法取代。

纵然时光一晃，滑过了几十年，如今，当儿时记忆中的味道跨越时空再次呈现在眼前与舌尖，那种温暖的感觉就像突然掀开了记忆的酒窖，让我瞬间醉回当年……

人间至味是清欢

每逢过年过节，满桌子琳琅满目的美食令人大快朵颐，吃得肚皮圆的同时，也不免感觉浑身上下都油腻腻的。这个时候，如果端上来一碟凉拌黄瓜或者一碟萝卜干，必定让人眼前一亮，心情舒畅。

可能天生就不是富贵命，我的肠胃享受不了大鱼大肉，吃得太好了反而不消化。所以越是逢年过节，我越是不喜欢吃大餐。宁愿啃根生葱，嚼个醋蒜瓣，凉拌个黄瓜或者吃点野菜、杂粮等，就觉得胃口特别好，身体特别舒服。

我本是一个清心寡欲的人，对生活没有太多的欲望，一碗稀粥都能喝出"佛跳墙"的味道，一碟凉拌黄瓜都能吃出鲍鱼般的口感。能撼动我的从来就不是美食，而是一颗随时能共鸣互动的灵魂，一曲入心入肺的乐章，一棵迎风而动的树，一朵随时节而绽放的花。

我不知道自己在别人眼中是否也有了油腻的模样和姿态，这是我最不愿意看到的。周围那些清爽明朗的少年、如花般灵动可爱的少女，好像在不经意间就步入了大腹便便的油腻中年。到了一定年龄之后，即便腹不大、腰不赘，油腻好像也成了一些人的代名词。我们不愿意面对油腻，更不愿意自己真的成了油腻的模样。

我一直坚持着去做一些像健身、阅读、赏花等这些能和岁月抗衡的事情。我自以为是地认为，只要心中装满清风明月，自然就没有空隙再放得下庸俗不堪的油腻的东西。

我不知道自己这样做是否会达到预设的效果，但我却一直努力着。

倘若能少一些饭桌上的推杯换盏，多一些星空下的月光缠绵；倘若能少一些茶余饭后的说三道四，多一些墨香萦绕的细语喃喃；倘若能少一些七姑八婆的鸡零狗碎，多一些谈诗论道的赤子之心……心中还会动容，眼眸还能深邃，语言还能充满善良，那么，这张随着岁月不断下坠的脸就不会那么难看与庸俗吧？

减少不必要的应酬、欲望与贪念，给自己多一些宁静的空间、思考的空间、独处的空间，让灵魂有处安放。一个人倘若能找到灵魂的栖息地，也必然能找到生活的平衡点。

或许，人间的清欢与快乐就藏在那一粥一饭平凡简单的生活里。

只要心中拥有清风皓月，哪怕耄耋之年，你的眼神依然能纯澈明朗，灵动得宛若少年。

每一次遇见都是良缘

周末逛街，碰到一位多年不见的熟人，对方问我目前在哪里工作，我说还是老本行。在短短几分钟的交谈中，这位朋友几次唏嘘，说我有能力却没赶上好运气；说我多年来兢兢业业，勤勉上进，却名不见名，利不见利，虽辗转多个岗位，却仍没转出这个小圈圈……

我并不赞同朋友的说法和看法。

我笑着回敬说："我运气挺好啊。这么多年来，我一直做的是自己喜欢的工作和事情。每一项工作，每一个岗位，每一个部门，恰好也都是我喜欢的，这是多么幸运又难得的事啊。这世间，还能有什么比每天做着自己喜欢的事情更幸运的呢？"

是的，我们这一生，会遇见不同的人，也会做不同的事。如果我们把每一次遇见都看成是良缘，把每一次机会都看成是机遇，那么这世间的种种挑战，必将都是成长的阶梯。

我始终相信：良驹不畏风雨，良才不惧考验。

一个良才，必定得经得起时间和环境的种种考验。

我每次路过部队大院，远远看到屋顶上方立着的口号"听党指挥，能打胜仗，作风优良，纪律严明"，我就想，部队对军人提出这样的要求，这又何尝不是我们每个党员干部应当具备的素质？

"革命战士是块砖，哪里需要哪里搬。"这一生，我们会辗转不同的"战场"，会遇到不同的人，经历不同的事。无论到哪里，把过去的成绩和功勋珍藏起来，让自己重新出发，只要有真本事，在哪个岗位都能交出令人满意的答卷。

每个岗位都是一个组织机构这台完整机器上的螺丝钉，这台机器若想正常运转，每颗螺丝钉都不可或缺。

在哪个岗位就守好哪个岗位，这是一个成年人最基本的素质和职业操守。一个人在一个岗位上干好一件工作或许不难，难的是把他放在任何岗位，他都能及时适应并干出骄人的成绩。所以，每次变动，都是一次新的开始，不妨把每次机会都当作锻炼个人能力的途径去磨砺自己，是金子在哪里都可以发光的。

人这一生就像在时间的大海里遨游，谁能说清会在哪里遇到急浪高风，在哪里会逢上春暖花开呢？

每一次遇见都是良缘。

每一个起点都是新的转折点。

想明白这个道理的人，必定能用积极的态度面对一切变化与变数。

想想看，但凡能做到这样宠辱不惊的人，还有什么环境是他不能面对的？还有什么事是他干不成的呢？

相信吧，一切都是最好的安排！

爱的连锁反应

午间，我去修理厂维修车尾灯，维修师傅问我："咋撞坏的，赔钱没？"

我说："被一辆三轮车撞上了，没让人家赔钱。"

小哥哥惊讶地说："姐，你咋不让别人赔钱啊？你自费得好几百呢。上次你的车被撞，你就是自费啊。"

我说："是啊，我看人家一副惊慌失措的样子，我不忍心让她赔了，感觉不值得计较。"

小哥哥愣怔了一下，随即说："姐，你人真好！"说完，他便一丝不苟地工作起来，脸上挂着愉快的笑容，仿佛我宽恕的人是他似的。换好灯之后，他又仔仔细细地为我的车做了一遍免费的检修，还给老板交代收取最低价。

回去的路上，我不由又想起前几天撞车的事情。

当时，我的车子在路边的停车位刚刚停好，正在解安全带的时候，"咚"的一声，我感觉有什么东西猛地撞了过来。我迅速下车，发现是一辆带篷的三轮车撞上了我的车尾。三轮车的前轮胎不偏不倚，恰好撞在我的尾灯上，撞碎的红色尾灯外壳掉了一地。

三轮车上的女士下车了，惊慌失措地看着我说："我急着接孩子，没留心，不知道你突然不走了。"

我笑说："大姐，你走的是停车道，而不是行车道。前面的车停下来，当然不会有任何预兆。以后你得注意了，骑车时要走辅道，机动车道车很多，今天幸亏你撞上的是已经停下的车，若是迎面撞上快速行驶的车，后果不堪设想啊。"

女士一脸惊慌地说："急着接孩子呢，这可咋办啊？"

我笑着摆摆手，示意她离开："没事，赶紧走吧，大冷天的别让孩子等急了。"

说完，我直接转身迈步离开了。

同行的同事说："你咋能让她就这样走了？得让她赔你钱啊，换一个大灯得好几百呢。"

我说："看她焦急又惊慌的样子，我不忍心说啥了。"

同事笑着说："你真是大人大量。"

我说："谁都有焦虑着急的时候。我不能因为几百块钱就破坏一个家庭的幸福啊。"

同事惊诧地问："啊？此话怎讲？"

我说："我怕让她赔钱后，她想不开。你想想看，我自己修车损失的是几百块钱，倘若今天我让她赔偿，她心情不好，回去再把气转嫁给孩子与老公，孩子因为她迟到再顶撞，老公因此和她干架……所以，几百块钱和一个家庭的幸福相比，又算得了什么呢？"

"那她得感谢今天遇到了你。"同事一边说，一边竖起拇指为我点赞。

我说："感谢不感谢我并不重要，只要不因此事发生'破窗效应'，我就欣慰了。"

其实，不光为了别人，我也是为自己。倘若我非让她赔钱，她不想赔，我们再因此争论不休，甚至发生争吵，到最后浪费了我的时间不说，还破坏了我的好心情，怎么想都不划算。

后来，老爸打过来电话，我说起了此事。老爸说："你做得对。"

我不知道，我所谓的宽恕若是放在他人眼中不知究竟做得对不对，但是至少我感觉我做对了。

我觉得，做一件事，能否得到他人的认可与感恩并不重要，倘若这样做能得到自己内心的安宁，不丢失心里的快乐和坦然，这就够了。

就像那天一样，我微笑着向前走，感觉迎面的寒风似乎比先前都温柔了几分，暖若三月……

斟一杯薄酒，和岁月干杯

今夜，月明星稀，花艳林深，斟一杯薄酒，和岁月共品。

饮酒，不需要理由。

与天，与地，与风，与月，都值得。

天地风月，都是一首歌、一首诗。

这世间，不论何朝何代何时何地，从来都不差一群人的狂欢。我不知道这狂欢背后是否有故意掩饰的寂寥，但可以肯定的是，倘若一个人也能狂欢，那必定是内心真正的欢腾。一个人独处时，不需要掩饰什么，除了天地日月，没人看你，又何须演呢？

你问我，为什么宁愿一个人孤单，而不去狂欢？

与众人狂欢相比，我更喜欢一个人的孤单，远离人群的喧嚣与浮夸，在无声的岁月里，静享这一份美好，多难得。你一个人独处时，无须装欢。这便是独处的快乐和意义所在。

独处之所以美妙，是因为独处不累。

你问我，为什么不谈恋爱？

谁说我不谈恋爱了？我一直在谈恋爱啊！只不

过，我是在与自己谈恋爱而已。与自己，与岁月，与清风，与晨曦，与一切美好的事物，它们都可以激发你对生活的热爱。

我觉得，一个人对生活的热爱，没必要非得寄托在某个人身上吧。

似水流年，清风明月，晨曦晚霞，只要你想，一切都能带给你无尽的美好且不会给你增添任何是非。

与人打交道，太近了不行，太远了也不行；太浓了不行，太淡了也不行。不论亲情、友情、爱情，可能你都不能完全做你自己，只顾做自己，就是自以为是或者自私，你得做别人心中的你。亲情喜欢你矜持，友情希望你奔放，爱情希望你婉约……

可你终究是你，纵然八面玲珑，你终究还是无法成全所有人的期待，最终没有完成他人的期待，反而拧巴了自己。想从容做自己，谈何容易？

岁月变换，人亦会变。有的人，从年幼无知变得丰盈而美好；有的人，从单纯善良变得市侩圆滑，甚至面目可憎。当然，每个人在这世间都有自己的难处。有的人，怕别人为难自己，所以削尖了脑袋往人群里钻，渴望得到他人的认可，为了所谓的合群，甚至不惜削足适履去迎合他人的规则。

不怕别人的刁难，最怕的是自己刁难自己。因为，别人刁难我们，我们可以不加理睬就行了。可是，一旦自己刁难自己，你就会钻进死胡同。所以，不论任何时候，不论遇到任何事，千万不要刁难自己，遇到问题与困难，及时去想办法解决，自己无法解决的，就交给时间吧。

人活一世，什么让你最快乐？太多答案，我不能一一道来。因为每个人心中的答案不一样，这就是一道没有标准答案的论题。

让我说，去养一棵植物吧。养一棵植物，它能带给你无数的快乐。你给它浇水，它还你一片绿荫。然后你就安安静静地坐在绿荫中，静享似水流年，多好。

就如这撩人的夜色，你尽情去享受吧，你只需有一颗懂得快乐的心，就好。

来吧，斟一杯薄酒，和岁月干杯。

今夜，就这样任岁月静好，任流年似水，任夜色撩人，任秋风含笑，在岁月与流年里，做一个随风起舞悦而不归的孩子，又何妨！

我愿带着千军万马缴械投降

倘若一个开朗健谈的人,突然一直沉默着,他的内心一定正在经历一个人的兵荒马乱。所以,不必奇怪。

每个人都有属于自己的不容易。

这世上,每个人都有每个人的苦楚,不是什么事都可以逢人便说。有些事,需要一个人默默地承受。

不说,是为了积攒内心的力量,等待攒一股劲儿冲过生活的泥沼。

一个人倘若吃过太多生活的苦头,那么他自带盔甲活成千军万马,则是必然。因为在生活的苦难面前,唯有刀枪不入,才能避免伤痕累累。

这副面孔,有顽强,也有从容;有自信,也有坚定。

没有吃过苦头的人,不会懂。

生活终归是一个人的,不奢望,也不奢求依赖于任何人。

或许,孤独是人生的必然。当你从来不想得到额外的什么的时候,自然而然地你就不怕失去什么。

因为看得清,所以不去牵强附会。你从来不想演戏给任何人看。

孤独，又何尝不是一种奢侈的享受呢？

在孤独中，你保持着自律。对信任你的人，你格外信任；对不信任你的人，你向来也不屑于去依附与迎合。保持自我，是你一贯的姿态。与其说是你的姿态，不如说是你灵魂的姿态。

对一个人的惺惺相惜，始于灵魂和灵魂的相撞。这是你一直不肯做出让步的原因，哪怕被身边所有的人批评与指责，你不怕。因为你知道自己想要的是什么，你知道自己要追寻的是什么。

对于朋友或伴侣，又何尝不是一样呢？你知道，凡事不能苛求完美，但原则不能变，那就是必须求大同、存小异。那个所谓的大同，必须是三观一致，必须是灵魂高贵，必须是宽容大度，当然，得以爱的名义。

我常说，人生最舒服的姿态莫过于一个人平静地待着。一个人也可以活得热血沸腾，亦可以活成千军万马。

也许你看惯了人群的喧闹鼎沸和真真假假，不愿意妥协与变得虚伪，所以，宁肯一个人独处。你知道，一个人能洁身自好便是最大的资本，也是最大的骄傲。与其把自己低到尘埃里，不如保持着灵魂的自由和骄傲，那是任何人、任何事、任何生活所给予的刁难与挑战都夺不走，摧不垮的。

所以，你不怕。

也许，直到某一天某一个人出现，他的一言一语一举一动，甚至一个眼神都能令你收缴起所有的武器。

他懂你，并且肯包容你的一切，包括你的喜怒和哀乐、你的骄傲和脆弱、你的优秀和缺点、你的美丽和不堪。

于是，你终于决定，带着你全部的武器和盔甲，带着你的千军万马，一起缴械投降。

余生，请先爱自己，再爱他人

这场突如其来的冬雨，竟然像夏天的雨一样噼里啪啦地下了一整夜。

雨夜，我总是睡不着，不论是哪个季节。飞扬的思绪从来没有被雨打湿，它总是在沉甸甸的雨中轻舞飞扬。

这一夜，我手捧着一本书津津有味地阅读。眼睛累了，就闭上眼聆听窗外雨滴的声音，它就像一首绵长的曲子，诉说着冬日的孤寂与美丽。

我们总是自以为是地认为，随着科技的发达，医疗水平的提高，以及物质条件的逐渐丰富，我们的平均寿命在逐年递增，我们就一定能活到长命百岁。

人的一生，抛却病痛、天灾人祸以及许多意外，真正能平平安安地活到寿终正寝的有几人？有的人活到七老八十，最后也难以逃脱病痛的折磨。我觉得，多活的每一天，都是赚到的。

所以要对生命时刻充满感恩、珍惜与敬畏。

没有被死神牵过手的人，并不知道生命的珍贵。

没有被死神牵过手的人，并不知道余生其实并不长。

没有被死神牵过手的人，根本不足以谈论人生。

还记得那一年，在陌生城市的我碰巧赶上地震。当身边同行的所有朋友都朝自己的爱人奔去，留下我一个人在拥挤嘈杂又陌生的人群中，我被推搡着前行，那一瞬间，我感觉到了一种从未有过的悲凉和遗憾。

是的，许多事，我还没有来得及……

那一年，我在同一年内被四次推进手术室，最后一次躺在冰凉的手术台上，在麻醉的作用下迷迷糊糊地听到正在手术的主治医生说："唉，命苦的丫头，将来还能不能活蹦乱跳地直立行走，全靠她的造化了。"那一瞬间，我的泪水无声地顺着脸颊滑落，我再一次感觉到了生命的悲凉和遗憾。

是的，许多事，我还没有来得及……

那一天，我莫名地感觉头晕，去医院检查时发现向来血压偏低的我突然高压和低压竟然同时上升了四五十。加上长期以来的失眠、便秘、头晕……

当医生问我："症状多久了？有没有其他异常？"当我一一回答后，医生怀疑我可能是得了什么癌症，那一瞬间，我蒙了。

无知的我，一直把癌症想象成是死亡通行证。

那一瞬间，我再一次感觉到了生命的悲凉和遗憾。

是的，许多事，我还没有来得及……

那一刻，泪水再一次无声地溜出眼角……

那一夜，在陌生的城市，孤独的我依偎在床头，无声地哭泣了一夜。

我不是怕死，而是为自己所受的苦感到委屈。

第二天，我告诉自己，管它是什么结果，以后我要不委屈地生活。

我再也不允许任何人以任何理由欺负我、伤害我；我再也不允许任何人以任何理由绑架我的人生……

我终于决定，余生要为自己活一次。

我要认认真真地爱一次，不给自己设定人为的条件与障碍，轻松地投入，尝一尝被宠爱与呵护的滋味，而不必顾及他人的目光与期待。

我要在疲惫不堪的时候，适时地停下来喘一口气，抽出时间去健身。

我要用余下的生命为自己勇敢地活一次……

爱的力量，可以更替了季节

"屋漏偏逢连夜雨"，住院期间又突然患上了重感冒，夜里躺在床上，我一夜昏昏沉沉，似睡似醒。

昨天刚住进来的同一个病房的大姐，知道我感冒很严重，一夜喊我好多次，我也不知道我是否答应，晕晕乎乎的。

天刚亮时，大姐看我没有动静又喊我，喊几句看我没有反应，她走到我的床边拉开我的围帘来看我，看我在床上还有动静，她笑着说："我一会儿听不见你的动静，我就担心你有啥事。"

我说："姐，我没事，谢谢您。"

她说："马上早餐时间就结束了，你吃啥，我去给你买饭。"

"好吧。您拿着我的饭卡去。"我没有拒绝这份关怀，边说边掏兜找饭卡。

她说："不用，用我的买就行。"

可是，我坚持找自己的饭卡。我翻遍所有的口袋，却怎么也找不到。不知道是不是昨天换衣服之后随手塞在了哪里。

大姐又说："你赶紧躺着吧，别找了，就用我的就行。"

望着她出门的背影，我倍感温暖。萍水相逢，泛泛之交，因为她刚住进来，我们甚至还没有来得及问彼此的姓名，还没有真正地开始交往，她便如此热情地关心我。虽然换了我必定也会这样做，但是大姐的这份关怀还是让我非常感动。

"助人者，人必助之。"吃完饭，我迷迷糊糊刚想入睡，听到同屋的大姐那边传来抽泣声。

我赶紧起来问咋回事，大姐说："我有子宫肌瘤，需要动手术把子宫摘除，可是医生建议把卵巢、输卵管、附件一并摘除，可是我的卵巢、输卵管和附件都没有毛病，我还不想都摘了。"

我赶紧安慰说："您别哭，我先给您咨询一下我哥，他就是这所医院的主任医生。"

大姐听我这么说，突然安静下来，好像找到了救星一样，脸上又露出了喜悦之情。

于是，我立即给我哥打电话，把她的有关检查结果和病床号一一说与我哥。哥咨询了相关专家，并与她的医生也进行了沟通，之后回复说："在已经绝经的情况下，医生一般会建议一并摘除。若是还没有绝经，可以只摘除输卵管和子宫。因为一旦肌瘤是恶性的，会首先通过输卵管蔓延……"

挂断电话后，大姐如释重负。她说："听你哥这么一说，我心里就能够接受了。可是，先前我的医生只是斩钉截铁地说要摘除，给他咋说也说不通。我再问，他就不耐烦了。"

我说："没事，别怕。医生和医生之间好沟通，你的医生也同意了这个方案。通常情况下，在你的自身条件允许的情况下，医生会参考并尊重病人的个人意愿。"

大姐心里的浓雾散去，笑容重新回到脸庞，不停地对我说着感谢的话。

我说："没事，举手之劳。"

人与人之间就是这样。有时候，你一个不经意的善意举动，不仅能帮到别人，甚至有时候还能帮到自己。

人生就是这样。说是因果循环也好，说是好人有好报也好，反正都有道理可寻。

正如老妈说的那样："你这个孩子，怎么走到哪里，遇到的都是好人，关键时刻、困难的时候总是有人站出来帮你。"

每当这时，我总是嬉皮笑脸地回答："傻人有傻福呗。"

是啊，正因为傻，做事时从来不会给人设圈套；正因为傻，说话时从来都是直来直去……虽然也知道傻有傻的不好，也会惹人讨厌，多次想改，但总是改不了。想想也不再为难自己，傻就傻着吧，说不定有人偏偏就是喜欢我这样的呢。

我一直觉得，不论你是什么样的人，首先做人做事要实在。你的聪明可以用在做事上，千万不要用在做人上，因为这世上，从来不缺聪明人，也从来没有真正的傻子，有些人只是不善于玩弄小聪明而已。

人与人之间，一种信任，一种善意，互相都能感知，并且这种善良会迅速蔓延到你的周边。

我总时常提醒自己：不管这世间究竟是荒凉还是温情，我们都可以循着自己的良心，让它从心底吹出暖风，我相信，当遍地春风吹拂，必将能解冻每一条冰封的河流，融化每一个冰冷的心。每一次温暖举动的汇聚，必将形成磅礴的爱的力量，这个人间便会春意盎然。

"良言一句三冬暖"，爱的力量可以更替了人间的季节。

人与人之间的善意，一定能比得过三月的春风

我在医院帮一个亲属买药，因为急需，需要顺丰快递赶快寄走。我一早在网上下单后，坐等快递小哥到来。

结果，快递小哥比预约时间迟到了将近一个小时。而且，还没有按约定的地点到指定的房间上门取件，而是让我自己送到他指定的医院大门口的快递柜。他说，快递有点多，若是上门取件，估计会再耽搁半个小时。

我虽有不悦，但是当我看到冷风中被冻红了手的快递小哥不停地道歉时，我仍然笑着说了声"没关系"。

他看见我手中拿的是药品时，又说："哦，药品的话，您还需要购买一个箱子。"

我说："加就加吧。"

他不好意思地笑着说："加箱子十三元，不加箱子十二元，不好意思。"

我说："这有啥不好意思的？"看着快递小哥一脸的抱歉神情，我感觉有点莫名其妙。在我看来，由于安全需要，给我寄的物品加个箱子，这是再正常不过的事情啊，不存在道歉的问题啊。

我忍不住问:"这有啥道歉的呢?"

快递小哥说:"我们遇见的客户多了,什么样的人都有。有的客户,一听说需要加一元箱子费用,比原来下单时多了一块钱立马就恼了。有时还会因此而产生争执。"

"哦,原来如此,没事没事,放心吧。"我说。

快递小哥一边不停地道歉,一边在自己的手机上自顾自地操作着。

看他忙活了好久,我有点不太明白。不就是填个单子吗?怎么操作程序这么复杂?

我问:"这么麻烦吗?"

他再次不好意思地说:"您如此理解与支持我的工作,我也得做出支持。我给您申请个会员,能优惠两元呢。姐,来用您下单的微信扫一下就完成了。"看他因为要为我减少费用而笑得那么开心,我莫名地感动。我一掏兜,发现没有带手机。

快递小哥看着我因为没带下单时用的手机,无法完成会员的扫码验证,他一脸的遗憾。

我连忙说:"没事,没事。我给您十三元就行了,不需要优惠。"

他仍然笑着抱歉道:"您这么支持我,我也得做点回报。"

我再一次肯定地告诉他:"真的没事。"

他说:"不好意思啊,没能操作成。"

我说:"没关系,下次再帮我注册好了。"

"好嘞,姐。如果下次还能赶上为您服务,下次一定帮您办理。碰到您这样的客户,是我的福气。如果大家都像您这样,我们的工作就好做了。"快递小哥开心得像是中了大奖。

看着寒风中不停地吸溜着鼻子的快递小哥,也不过二十出头的模样,我突然心生恻隐。我真诚地说:"没关系的,每个人都不容易。互相理解吧。"

"姐,谢谢您。请放心,物品保证给您准时安全送达。"

回房间的路上,我心里默默地感慨:"每个人的人生都不容易啊。"我自言自语着,又无奈地耸了耸肩。

世界那么大,人与人的相遇也不容易,不论与谁相遇,都是一场缘分。也许一次擦肩而过,从此再也不会有任何交集,何必因为一点小事而为难对方呢?

我坚信:人与人之间的善意,一定能比得过三月的春风……

请不要把不幸活成了习惯

一个病友鼻青脸肿地住进医院，后来大家互相熟识了，她便把她的遭遇向我们一一道来。她说，之所以给我们说说，一方面是诉说心里的委屈与痛苦；另一方面，也是为了让我们给她出出主意，向我们寻求帮助。

在这里，我暂且称她为C女士。C女士结婚十年来，不间断地被家暴。她的老公不知道是自卑心使然，还是天性多疑，总之，不允许她与任何异性接触，哪怕说句话都能惹来祸端。她倘若因为工作加班或晚归，他便会不停地打来电话骚扰，一次打不通，就接二连三地拨打，不厌其烦。再者发信息咒骂，各种污言秽语都能一股脑骂来。

我问她是否做过让他不放心的事，出轨或者其他。

她坚定地说："从来没有过。"

这让我想起了《不许与陌生人说话》里面的剧情。以前，我只觉得那是剧情，是为了艺术需要，多少有些夸张的成分。如果不是听到当事人亲自诉说，我很难相信这世上还有这种男人。

听完后，我和许多同为女人的病友们，心里都久久不能平静。我们无法想象，在这个时代，同样受过高等教育的人，还能如此懦弱地在这样的日子里挨过十年。她说："忍也忍了，打了打了，闹也闹了，也许这就是命吧。"

不知道为什么，我感觉到了深深的悲哀。

我问："你就不能离婚吗？"

她说："我每次一提离婚，他就道歉，服软，他说他改，所以又一次次原谅了他。"

"事实证明，这么多年来他改了吗？"

"他从来没有改过。不光对我自己，而且对我的父母，甚至对孩子也破口大骂，而且一次次变本加厉。身边的亲戚朋友都被他骂了许多次，都不敢跟我们来往了。"

"他去看过心理医生吗？"

C女士回答："他从来不承认自己有病。这几年来，我学会了惹不起就躲。可是，有时候也躲不了。"

"你可以勇敢地选择离婚，如果你不坚强，没有任何人能改变你的命运。"

"我曾鼓起勇气这么做，有时候也想，哪怕我一无所有，从此后一个人孤独终老，我也得离开他。可是，他一说软话，我就会动摇。"

我突然无语了。我真的想不到还能用什么词语来表达我同为女人的悲哀。

是"哀其不幸，怒其不争"，还是"可怜之人必有可恨之处"？这些词，用在她身上都不为过。

遭遇不幸之人，固然值得同情。可是作为当事人，倘若你们自己不能勇敢地站起来抗争，那么所有不幸的结局都是必然的，没有其他。

世界如此美好，我们每一个人都值得被爱，被温柔以待，除非你主动放弃。

"我要扼住命运的咽喉,它决不能使我屈服。"站起来反抗吧!你若是在不幸面前懦弱地装聋作哑,心甘情愿地认命,没有任何人能够救得了你!

你看!寒风在吹,百花在尽情地妩媚,就连凋谢的残花都不认输。所有的美好,你都值得,请努力争取自己的美好生活,千万不要把不幸活成了习惯。

以自己想要的方式，走完人生的旅程

又是一个无眠之夜。

失眠的夜，好像比平时的夜要漫长，一夜酣睡的人是无法体会这种滋味的。这漫长无止境的黑夜，我被同屋的另一个病号闹腾得难以合眼。

长长的一夜，我就两眼盯着窗户，等待漆黑的夜一点点透亮。当窗外刚刚泛白，踢踏踢踏的脚步声越来越近，值夜班的小护士敬业地走到床前，轻声温柔地说："量量血压和体温吧？"我努力张了张嘴，喉咙里却没有发出声音来，一声低微的回答不知道护士是否听得到，她轻轻地拉出我的胳膊，给我手腕上带上血压器，量完后，报出血压和体温后，即轻轻离开。我发现脚步很轻，几乎是所有护士的特点。也许是职业修养，也许是个人素质，也许是善良使然，怕脚步声干扰到病号吧。

我心疼值夜班的护士的不容易，不论什么事，我都尽量力所能及地主动配合。虽然一夜无眠，但是至少我还能用自己喜欢的方式躺着，不舒服了还能翻翻身换换姿势。对于值夜班的护士们来说，恐怕一夜都不得安生，需要支着耳朵听着各个病房的动静，以及病号的呼叫。不到万不得已，我从来不使用床头的呼叫器。

生而为人,一生不易。如果不是为了生活与责任,谁能黑白颠倒地去守护他人?

夜空,在我的期待中一点点地透亮,直到彻底掀掉黑幕,一片明亮。我想闭上眼睛小憩一会儿,可是眼皮酸涩。轻轻呼吸,喉咙里传来苦涩的味道,头晕眼花,口干舌苦,四肢酸疼,不想动弹。

早餐时间,同在住院的一个朋友发信息喊我一起去吃早餐,我实在太难受起不来。于是,他让儿子买了份早餐送到我的房间。当我接到热乎乎的早饭时,心里顿时升起几分温暖和感动。

我戏言,看来连生病住院都得结伴而行,可以互相照应。

虽说戏言,但又何尝不是心声?以前人们常说,到我们这一代老了之后,各个家庭都是独生子女,孩子面临的压力是空前的,所以,我觉得我们老了之后,更靠谱的方式是好朋友之间扎堆养老,因为大家志同道合,既能互相取悦,又能互相照应,可谓两全其美,不亦乐乎。

想想就觉得美好。一群好友群居,就像小时候上学住校一样,谈得来的住在一起,大家目标一致,在学习上互相鼓励,生活上互相照顾,心灵上互相依偎与愉悦。即便日子清苦与单调,我们也能活得像花一样,每天以昂扬的姿态生活。

心有所寄,日子便是美好。还算年轻的我们曾多次商议,将来就这样"扎堆养老,结伴住院",美好地老去,不管未来能不能实施,就当是不容易的今天的我们所做的一个梦,所寄托的一种希望吧。

唯愿我们都能心想事成,终将能够以自己想要的方式,愉快又美好地走完人生最后的旅程⋯⋯

如果真能学会认怂，也算是一种了悟

近日，一位刚刚生过一场大病的朋友隔三岔五地给我上课，告诉我要爱惜自己。

也许是她亲身经历了死亡，触摸到了死亡的可怕，内心受到了极大的震动，一向不知天高地厚的"拼命三娘"竟然了悟了，突然向生活低头了。她不无感慨地说："一场大病后，学会了认怂。"

当我听到这句话的时候，有点儿惊诧。能让一个不知天高地厚的"拼命三娘"说出这番话，那绝非容易。

是啊，也许平时身体无病无灾、不疼不痒的时候，我们常常觉得自己了不起，在困难面前不认输不认怂，觉得自己可以和生活死磕到底，可以和一切较劲，以显示自己的能耐。

学会了认怂，我们是该感到庆幸还是悲怆呢？虽然朋友说那句话的时候，我当时表示高度的认同，可是，不知道过一段时间后，会不会继续活明白，或"改过自新"，或真的会"改头换面"？我对自己又有点质疑。

人活着，真的非得认怂才行吗？

学会认怂，究竟是一种倒退，还是一种进

步呢?

　　当你面对疾病的挑衅时，你所谓的苦撑没有任何价值与意义，在它面前你并不是坚不可摧。也许，躺在医院的病床上，我们才终于成长，既知道了自己几斤几两，也终于明白了，世间有太多的不可抗力，是你我所无能为力的。

　　学会认怂，固然不错。可是，当我们躺在病床上无能为力的时候，是暂时的妥协，还是真的了悟了呢？一旦离开了病床，会不会好了伤疤又忘了疼？

　　我笑了笑，对自己半信半疑。

把自己活好，也是一种责任

静脉全麻，针管轻轻一推，不知不觉中，你竟然会一无所知，待你清醒后，发现在整个过程中自己完全是"沉睡"状态，真的是连梦都不会做。

麻醉醒来后，我和一位我们曾互称对方为"拼命三娘"的姐姐聊天。得知她于近日生了一场大病，她说，她去北京手术前，没敢给父母说，怕吓着年迈又胆小的父母，只是告诉父母说她最近工作有点忙，会回不去家。结果在北京住了快一个月，父母猜到事情不对劲，当父母知道原委后，吓得哭倒在地。她说，通过这次生病感触很多，所以她劝我别那么拼，多爱护自己一些。

因为几乎相同的性格特征，我们聊着聊着就自然而然地聊到人生，以及活着的各种不易。

有时候，觉得也许是自己把自己看得太重了，总觉得好像没有了自己，世界就不转了一样。同时，又把自己看得太轻了。只看重除了自己以外的一切，唯独没有看重自己，所以才把自己放到了最后的位置，放到了最轻的位置，常常因为所谓的责任把自己搞得疲惫不堪。以至于不敢也不屑于喊苦喊累，好像自己一旦喊苦喊累，就是一件丢人的事，就是一件羞耻的事。不论如何，我们咬牙撑着，唯恐松懈了就垮了。我们甚至不敢让自己生病。唯恐自己病了，拖累了别人。当自己终于筋疲力尽，无力承担一切责任时，才发现这也是某种意义上对自己的不负责任。于是，便开始了新一轮的自我检讨与自责。

夜深人静的时候，我也常常会一个人思考人生。生命中，究竟何谓轻？何谓重？

不论我们把自己看得太重还是太轻，都想尽力做到能力范围内的完美。可是，殊不知，人生哪有什么完美呢？

我们心中有太多的"应该"，却不知道不应该的是丢掉对自己的爱。

如果爱自己是爱别人的前提，如果不辜负别人的前提是不辜负自己，那么一旦当爱自己与爱别人发生冲突与矛盾的时候，我们可能又会身不由己地做那个最傻的自己。

趁着此刻清醒，再一次给自己敲响警钟：活好自己，也是一种责任。

至于遇到冲突时，再说吧。

如果可以爱，请给予爱

一束娇艳的花，在床头陪伴我好多天了。

虽然我每天往枝干的底部洒点水，但对于已经脱离了土地与母体的花枝来说，生存能力仍然有限。即便我精心呵护，它们仍然撑不过十天。在一天一天的消耗中，有三分之二的花朵都枯萎了，甚至有些花骨朵还没来得及绽放。

那么美的生命，眼看着它们在我面前陆续地枯萎与凋零，我有点不忍。

于是，我让朋友帮忙买来了花瓶，把剩余的还能挽救的挑拣出来，花瓶里放上干净的水，把泡烂的枝干去掉，把还好的部分插在花瓶中。

重新打乱的次序，重新摆放的位置，再现了一瓶娇艳的花。

一枝枝垂头丧气蔫头耷脑的枝条插入花瓶之后，第二天早上，我看到喝饱了水的它们重新生机盎然，又精神抖擞起来。

我知道，自己不是神，也没有化腐朽为神奇的能力。大自然的生命，本身就有太多的局限性，而我们每个人也有属于自身的局限性。

我看到了局限，我也自知局限的客观存在性，所以每一天，每一步，我都格外珍惜。

我把每一天当成生命中的最后一天，这是我对生命和生活的珍惜。

朋友们不以为然，包括一些长辈，也常因为这个观点批判我太悲观。

不，这不是悲观。对我来说，这是最大程度的乐观。因为，我看到了生命的无常与局限性，人生究竟应该怎样活着，我心里有数。

我努力做好手中的工作，哪怕苦累，我不说只言片语。不管别人怎样，我都默默地竭力做到我能力内的极致。哪怕超过自己能力范围的负荷，我仍然乐此不疲地承担。哪怕周围的人笑我傻，我仍然不在意他人的看法。因为他们并不知道，单枪匹马的我所拥有的一切都得之不易。鉴于此，旁人怎么看，我从不介意，我也不需要向所有人解释我自己，我爱我现有的这一切，并珍惜如初。

我珍惜身边所有的情感与情谊，因为我想让自己活得心安。佛说，前世的五百次回眸才换来今生的擦肩而过。我想，每一个走近或走进我生命中的人，都是莫大的缘分，我需要倍加珍惜。不论谁呼唤与需要我，我在能力范围内与原则范围内，都义不容辞地出马。

我不求谁的回报，我只求自己内心的安宁。

如此而已。

一朵花，耗尽了生命的能量，它会枯萎。

一个人，耗尽生命的能量，亦会倒下。

不论是花还是人，没有谁的生命可以无限地加压，无止境地加压，一旦超越了其底线与承受力，早晚会崩掉。也许，我们不仅仅可以延长一朵花的花期，还可以让一个人从人性的温暖中汲取一丝希望的光，给予继续活着的勇气。

花,如此。

人,更是如此。

如果可以爱,请给予爱。

认真活一回

今天，两个好友突然几乎是同时发信息问我："最近怎么没见你写东西？"

我突然愣住了。

好长一段时间以来，我觉得我仿佛是一个陀螺，不停地转呀转呀，直到眩晕倒下，躺在冰凉的地上，傻傻地望着天，我不知道我是谁，我在哪。

直到把自己送进了医院。

住院的第一夜，我一夜无眠，不光是因为同屋病号手术后伤口疼痛哼哼唧唧的干扰，还因为我自己内心的波澜。

那长长的一夜，我就那样直勾勾地望着天花板与四周的白墙，而我的心并没有变成空白。

我以为倒下后我就能放下一切，可是我没有。

一对朋友夫妇过来看我，当她家老公看见窗台上我的记事本上记录的密密麻麻的备忘录时，他说："姐，你并没有放下。"

是的，我承认我还在操心着似乎是我该操心的事。被他看穿之后，我又自嘲地说："操心的命，停不下来。"

那位弟弟说："唉，都躺在这里了，还有什么是

163

你该操心的呢？没有谁，地球不是照样运转吗？"

"是呀。"附和着他的这一刻，我突然有点儿难过。我不想辜负谁，我想竭尽全力去做好每件事，我不想辜负任何人对我的期待。

可是，我对自己的期待呢？

有一天，陪爸爸聊天。爸爸突然问我："闺女，你感觉最快乐的时候是啥时候？"

这个问题突然来袭，让我有点儿措手不及。

爸爸又提示说："是儿童时期，少年时期，大学时期？还是现在？"

我说："如果说不快乐，我没有。如果说很快乐，我也没有。各个时期，我更看重的是一种责任。每个时期都有每个时期作为人的一种责任。如果非要让我说我最快乐的时候，就是独处的时候。只有在独处的时候，我才能触摸到自己的灵魂，我才能听到自己的心声，我才感觉世界是如此舒服和妥帖。因为这个时候，我才属于我自己。"

说着说着，我已是满脸泪水。我仿佛听见了爸爸那无声而又沉重的叹息。

是的，一直以来，唯有独处才让我感觉无忧无虑。我不必担心自己的直言不讳会让人不舒服，也不必担心我的坚持原则，让人觉得我很难相处……我不擅长任何曲意逢迎。我觉得，一个人说着言不由衷的话的时刻，是一个人最龌龊的时刻。这一刻，他必定有所求，没有例外。

此刻，我也分明听到了自己的叹息。此生如此，任凭被喜欢也好，不喜欢也罢，反正我也未必稀罕谁的喜欢。

就这样啊，直脾气，是我今生最大的短板。几十年了，我曾努力去弥补，可是真的弥补不了。这个弥补不上的短板，注定了这一生的挫折在所难免。

虽然，我也常为此难过。可是，难过又如何？已走过的三十载，吃过的亏比吃过的盐都多，我仍然一如既往的傻着。

人生仿佛就是一道谜题，有时候想到脑壳疼，许多问题仍然想不通，许多事情仍然看不透，许多心结仍然解不开。

可是，我发现病床是张神奇的床啊。躺在这张床上，想不通的问题都能想通了，看不开的事情都能看开了，解不开的心结都不解自开了。

躺在病床上，我似乎亦原谅了自己。

青春无悔

昨晚，我和相识二十多年的同学相约在省文化艺术中心看话剧。

在这么高雅的艺术面前，我们从坐下到结束一直只顾安静地欣赏剧目，几乎没有任何交流的机会。结束时天色已晚，各自离开后我们才来得及用信息交流了一会儿。

我们聊起二十多年前，我俩在晚自习课间休息时站在教室走廊憧憬未来时说过的话："十年后，我们会是什么样子呢？"至今我们都还记得，那时候，两个傻傻的孩子对不确定的未来充满了美好的期待。

她回忆说："那时候，我不知道自己未来要干嘛，你却热血沸腾内心笃定地想着要当人民教师。你总说，孩子们的世界是最美好的，你要把最美的青春献给伟大的教育事业。那时候，你的热情以及对未来笃定的期待，让人很受感染。而今，吸引我也热爱教育事业的你已跑得无影无踪，我却还在坚守着。人生就是这样吧，永远充满了不确定性。"

说到这里，我们笑了："是啊，每个时期都有每个时期的理想，不论做什么，选择后就全身心地去爱它，人生就是无悔的。"

而今，一转眼竟然二十年过去了，好在历尽千帆，归来仍是少年。

二十年可以改变许多东西，也可以改变许多人，而我俩似乎还是二十年前那两个单纯的傻孩子，还会为一次偶遇而拥抱着欢呼雀跃，还会为剧中的感人之处而热泪盈眶，还会为一次小小的惊喜而心花怒放，还会为亲朋好友的一句祝福而感恩知足……不论历经怎样的波折，在内心深处，我们仍然是最善良、最单纯的那个孩子。

"虽然我们都已经跑了很远，但初心没忘。"我们几乎异口同声地说。

历经二十年岁月的洗礼，我们都在成长。唯一不同的是，她选择了嫁人，我嫁给了"工作"……我们各自在自己的人生里做着不同的选择，但我们的情感与友谊依然如故。我们在各自的人生里，成长为越来越令自己喜欢的样子，越来越靠近内心的模样。

后来，当我们谈论到话剧中演绎的20世纪60年代的淳朴爱情时，不由得为那个年代淳朴而忠贞的爱情所动容。

我问她："说实话，你有过这样的爱情吗？"

她说："很遗憾，我真的没有过。"

我说："是的，我们都没有，但也不必遗憾。"

青春，不论怎样都是美好的，不必为一件事的缺失就感觉是生命的缺憾。除了爱情，我们也有属于自己的最精彩的青春吧。我相信，青春的美好不能仅仅用爱情来衡量，真正的青春应该是，除了爱情之外还有太多太多美好的经历、美好的过往，它值得我们用微笑来回忆，来祭奠。

回忆往事时，我们不必懊悔自己的青春没有像别人那样度过。当时的我们，也拥有我们当时认为的最快乐、最有意义的选择。即便时光倒流，也许我们还会那么选择。

当我们用无悔的心态看待自己的昨天时，今天的自己一定是幸福的。请记住，不论如何，都要带着一颗不懊悔的心，笃定前行。

每个人的青春都是独一无二的，都是值得祭奠的。没有谁比谁更好，心之所向，甘之如饴，请珍藏自己无悔的青春年华吧！

聊得来与聊不来

秋夜，小雨。

淅淅沥沥的雨声就是最美的乐曲。

独自静坐，翻开一本书，把书越读越厚。我喜欢一个人安静地生活，喜欢一个人这样安静地等待着，尤其是在这样下着小雨的夜晚。听着雨滴答答地落下，打开一盏灯，读自己喜欢的文字，不必害怕任何人的打扰。这个时候，我就是自己的整个世界。这一刻，就是最舒服的享受。

每当这时，我就会感恩生命的存在。

也只有在这样一个人安静待着的时刻，我才觉得生命的美妙。也只有在这样的时刻，我才会发觉生命是一段美丽的历程，未来是那么值得憧憬，值得自己去探索未知的明天。

也许，只有在经历悲欢离合后，人才能明白：日子，不迁就，才美丽。人生短短数十载，没必要为迁就什么而活。选择自己喜欢的方式去生活，就再好不过。

有朋友对我说："你平时趴在电脑前的时间比较多，可以买两盆仙人掌，可以防辐射。"

其实，我根本就不喜欢那个小东西，满身是刺，一不小心就会扎着手了,而且那小小的毛刺一旦嵌入肉里,疼得你想拔都拔不出来。

朋友说:"你不会离远点儿,别往上面碰。"

我说:"这不是碰不碰的问题。你不喜欢的东西,你看见它就不舒服。既然不喜欢,就没必要非得给自己找不痛快啊。"

我一直觉得,喜欢不喜欢一个物件,大概和喜欢不喜欢一个人是一样的吧。

正如刘震云在《一句顶一万句》中所说:"世上的人遍地都是,说得着的人千里难寻。"

有些人,压根儿就说不到一块儿去,所以,不论你说哪句话都不是对方想听的;不论你说啥,对方都不爱听。聊不来的人,哪怕你随意的一句话都能惹来对方的挑刺。这样的人,就是和你说不到一块儿的人。

其实,在这大千世界,也不外乎就这两种人:一种是跟自己聊得来的,一种是跟自己聊不来的。聊得来的,千言万语都不嫌多,怎么说都是舒服的姿态;聊不来的,哪怕半句都嫌费口舌,令人讨厌。

人与人之间最美妙、最舒服的状态,就是聊得来吧。就因为如此,我们才无须在意怎么说,也无须在意说什么。

我说,你听;你说,我听。

说什么都无所谓,因为我们聊得来,连交流时的空气应该都是舒服的状态吧。流露出来的都是满心欢喜。而聊不来的人,哪怕你和他说半句话都感觉多余,哪怕多说半句,都怕浪费了大好的光阴和年华。

至于喜欢不喜欢一个物件或者一个人,我觉得,但凡是听从自己内心声音的人,便是自在的。

和聊得来的人,说着一筐一筐的废话;和聊不来的人保持着沉默。用省下来的美好时光,一个人读一本喜欢的书,听一首喜欢的曲，听一场淅淅沥沥的雨，品一杯清香四溢的茶……

　　如果生活的每一刻都是你喜欢的状态，这样的生命不论长短，都是丰盈的、美丽的。

像芦荟一样活着

　　三年前，小妹用废弃的矿泉水瓶装着一棵小芦荟送到我家里。
　　一进门，她说："姐，这盆小芦荟，我真没地方养，扔了又觉得怪可惜的，知道你爱养花，相信你肯定能把它养活、养好，所以我就给你送过来了。"
　　小妹边说边如释重负地把芦荟扔到我面前。
　　我看着这棵娇弱的小生命，就像看见一只出世不久就被人丢弃的流浪猫，那副可怜巴巴的样子，令我不由得顿生怜悯。
　　于是，我毫不犹豫地把它收留了。
　　之后，我发现瓶里的土壤板结得厉害，用铲子捅都捅不动，只好先用大水猛灌，待水渗透之后，我小心翼翼地从小瓶里把芦荟抠出来，移栽到我那松软的大花盆里。小生命窝在我的大花盆里，就像一个小姑娘偷穿姐姐的花衣裳一样，明显显得不合身，看上去有点好笑，就这样我给它重新安了家。
　　后来不多久我便离开了家。随着我的离去，它和其他植物一样，不得不依靠自身顽强的生命力活下去。我十天半月才回来一次，回来一次就给它们猛灌一通水。下次啥时候回，我自己也说不准。所以，随着我的离去，几十盆植物，它们由家花不得不变得像野花一样，要么经历干旱，要么经历水涝。我不回家，它们就不得不旱着。夏季顶着烈日的炙烤，冬天任凭寒气侵袭，家里没有丝毫人气和温暖。它们有的在夏天被晒死、旱死，有的在冬天被冻死、涝死，剩下没死还继续活着的，都是命大的，都是适应能力强的。

三年来，阳台上的空花盆放了一大摞。我发现，但凡能够抵得住严寒酷暑活下来的，都长得郁郁葱葱、粗壮茂盛。

这次中秋小长假期间，我到阳台上闲坐，突然发现那株芦荟已发展成一个大家族。不知何时萌发出来的新芽已经把整个盆都挤满了，大大小小的芽互相挤着，有的也都长大了。它们密密匝匝互相拥抱的样子，就像一个家族祖孙几代挤在一间小平房里，让人感觉拥挤不堪。

着实于心不忍，于是，我戴上手套，拿来工具，小心翼翼地把它们一一分离，移栽到不同的空盆里。移栽后摆放整齐，回头一看，我惊呆了，一盆一盆的芦荟挤满了阳台，家里瞬间仿佛变成了芦荟种植基地。不过三年的工夫，它竟然不知不觉繁殖出这么多幼苗。况且在如此恶劣的环境下，它没有干死、涝死，也没有冻死。就这样不动声色地生存发展，自身茁壮的同时，还繁殖出那么多子子孙孙。

做人，何不向芦荟学一学呢？不管身处什么样的环境，都能让自己去适应环境，坚强地活下去。只有活下去，才有资格发展与茁壮。

人生何尝不是如此？人生在世，别把自己当作盆花，活得那么娇柔，那么不堪一击。活着，只需要好好地活就行了，不需要太多的大道理，就像芦荟一样坚强地活着就行，不娇气、不矫情地活下去，不动声色地活出自己的一片天地……

团圆时节，为爱回家

"中秋节，你回来吗？"近日，和朋友们聊天时听他们说，中秋节还没到呢，老家的父母就打来了催促的电话。

虽然他们这话里没有明显的不耐烦，但也没有几分温柔的成分。作为朋友，我听了之后，当时就不乐意了。我直言不讳地说："这不是催促，而是爱的呼唤。"

朋友愣怔了一下，回过神后，表示赞同。

我说："没有父母会故意想要打扰儿女的生活，也没有父母不体谅儿女而无理取闹。除非他们有不得已。"

朋友说："他们能有什么不得已？"

我说："对儿女的牵挂与思念，就是想见见离别已久的孩子，这算不算不得已？若不是思念成灾，哪个父母会主动催促儿女回家？"

朋友听了表示深有同感。

上个周末，我回到家后发现爸妈都不在家。一进门，打通电话那一瞬间，我心里就一下子涌上了没了着落的感觉。待我自己在家孤孤单单地过完周末返回郑州后，爸爸给我打电话说他就在郑州，居住的酒店离我很近。

我知道，父亲想念他的孩子了。接过电话的我一上午心不在焉，紧赶慢赶，急忙把手头的工作赶完，中午下班，没有顾上吃饭也没有午休，就奔着爸爸所在的方向去了。一路上紧张得就像去面试，不为别的，只为见他一面。虽然我们父女见面仅仅十分钟，就这已经足够。其实，与同城的同龄人相比，我还算是回家比较勤的孩子。就这，还常常惹父母挂念。

试想一下，常年在外的儿女，如果回家的次数足够多，让父母的爱不缺失，让父母的期待不落空，他们还犯得着在节前弱弱地问你吗？每一位在节前主动给孩子打电话询问孩子回不回家的父母，其实，他们在拿起电话摁着一个个数字的时候，都是诚惶诚恐的姿态。他们吃不准过节时你到底回不回家，所以只好在千万次的期待后，抑制不住心中的牵挂，情不自禁地摁下你的号码。

倘若你接到了父母问询的电话，千万别烦。他们打这个电话，并不是为了催促你，而是他们实在抑制不住对你的思念和牵挂，才会在辗转反侧之后，鼓起很大的勇气，摁下你的电话号码。如果你接到了父母的电话，不论多忙多累，请准时回家吧。不要给自己再找任何借口，否则，在别人的团圆时刻，就是我们的父母最失落的时刻。团圆时刻，别让翘首期待的他们再一次望着万家灯火而失望。

年迈的父母不图我们什么，只要我们能够带着笑容和爱，准时回家，对他们来说，就是最好的礼物。

或许平时他们的身体有病痛，他们遮遮掩掩从来不说；或许他们心里也常常因为你的缺位而感觉孤独，他们也从来不说。然而，一旦他们主动问询你时，就说明他们真的想你了。这个时候，赶快收拾行李，快马加鞭地回家吧。

对父母来说，不论此刻他们正经历着什么，回家的你，就是疗效最好的药。

别再让爱在等待，团圆时节，为爱回家吧。

我该多有福，才能遇见你

你说，某一天夜里，你被噩梦惊醒。

醒来回忆梦里的情境时，你竟被自己吓到了。因为你在梦中看到自己歇斯底里咆哮的样子，那样子好可怕。那一瞬间，你的内心充满了恐惧。

你问我："你是否有过这样的时刻，不是对别人，而是对自己充满了不满，甚至是讨厌？觉得自己不是自己想要的样子，觉得自己面目可憎，从而对这样的自己充满了不满？"

我说："我也有过这样的时刻。不是对其他人，而是对自己充满了厌恶。真的，我相信，不只你我，一定也有许多人和我们一样，都有过这样的时刻。"

明明你想成为更好的人，为了那个你期待的样子，你一直在积极地努力，你主动地去学习、去修炼、磨砺自己，可是不知不觉你却又被别人牵着鼻子走。你跟随着你讨厌的模样走进了一个胡同，你在你的身上看到了别人的影子。觉醒时，你对这样的自己感到陌生，感到害怕，感到慌张，感到不满。

你说："明明自己不喜欢那样的人，可是却被那样的人影响了。这太糟糕了，是不是无可救药？"

我说："别灰心，能意识到自己的不好，这一刻，你能做到及时反省，说明还有药可救。真正的无可救药，是自己根本意识不到自己的恶，意识不到那个样子有多丑陋！因为，我们讨厌别人容易，讨厌自己很难；指责别人容易，指责自己却很难。而你不但能及时意识到自己的不足，同时又及时反省，回头是岸。这才是最难能可贵的。"

"可是，当你成功复制了你最不喜欢的一个人的样子，这是多么可怕的事情呀！"

我说："没关系，我们都是寻常人，没有几个人能真正做到'风动树动心不动'，没有几个人能真正超凡脱俗到'不以物喜，不以己悲'，不论我们多么强大，都难免不受外界或他人的影响。这不是最可怕的。最可怕的是，你渐渐变成了你讨厌的样子，你对此却一无所知，并渐走渐远。"

我们就这样聊着，你说，你决定离开了。

我说，我不追问你是离开一个人还是一种环境。不论是什么，我都懂你，懂你此刻的心情。因为当你下决心改变现状，下决心离开一个人，或离开一种环境时，说明你是想真正离开那个最令你讨厌的自己。

你激动地说："对！"

这一刻，隔着电话，我都能感受到你的热泪盈眶。

你说："我给别人说，别人都不懂，除了指责就是批判，说我在逃避。"

我说："我懂你。"

你说，每次和我交流后，心就平静了许多。我就像是你的镇静剂，总能不动声色地把你心中那头躁动的野兽制服，你喜欢这样的时刻。

我笑了："喜欢这样的时刻，随时可以和我交流。只是，其实，我也有制服不了自己的时刻。不论是在生活面前，还是在自己面前，都会有许多时刻会有一种无力感。那个时候，任谁都一样，内心是充满慌张的。可能这就是生而为人的无奈吧。"

我说："遇到一个懂你的人，这种事是可遇不可求的。不论他是你的上司、同事，还是家人、恋人、朋友，都是一种福气。"

你抹着泪，语无伦次地说："那我该是多有福，才能遇见你！我该怎么感谢你？"

我说："人与人相遇，都是一种互相成全。我成全了你的同时，从你身上又及时反省自己，对我自己来说，也是另一种成全吧。所以，不必说感谢。"

我们都是单翅的天使，只有相互扶持，才能展翅飞翔。让我们在这跌宕的人间惺惺相惜，互相成长，互相温暖吧，直到和最好的自己相遇！

生活的美丽，就在于成全一次次小欢喜

美丽的人生并非高不可攀，它不是非要等到你出人头地或大富大贵之后才能得到。它是由一个个小欢喜组成，而小欢喜则时时都有。美丽的人生就像一串漂亮的珍珠项链，每一次的小欢喜都是那一颗珍珠。

想聆听一次花开，那就去听吧。暂时放下手头无足轻重的事务，放下心里的纷扰，待斜阳沐浴脸颊，你就坐在花园的石凳上，闭上眼静静地聆听花开的声音，在聆听中，也许幸福就像花香一样沁入了你的心田。想吃一顿美餐，那就动手吧。买来喜欢的食材，为自己或家人精心地准备一份可口的餐点，在你挑选择洗中，也许你的心已被家人快乐的笑容深深填满。想去见一个人，那就去见吧，只要那个人还在，就没有什么能够阻挡。哪怕漂洋过海又何妨，至少了却了自己的牵挂和思念……

我们身边也不乏这样的声音：我想悠闲地聆听花开，可是没有闲时间啊。即便有了闲时间，我也没有闲心情，心里千头万绪，纷纷扰扰，哪里有那闲情雅致呢？我想和家人愉快地吃一顿美餐，去外面吃嫌太贵，自己做嫌麻烦，宁愿将就一顿是一顿，

不就是填饱肚子嘛。我想去见一个人，心里百转千回，可是，我嫌路途远，我又怕落花有意，流水无情，或者时过境迁……

看看吧，每一次总是用千万种理由、千万个借口，把近在咫尺的小欢喜一次次推开，却又不停地为自己开脱，为失去的欢喜狡辩，又在一次次的错失与错过中，郁郁寡欢。

如果每年、每月、每天、每时、每刻都在错失这样看似微不足道的小欢喜，那么，在漫长的人生旅途中，我们又靠什么来托起对明天的希冀呢？

小欢喜，常常微不足道却又唾手可得，就像清晨起床时的一个微笑，就像闻到厨房飘来的牛奶煎蛋的香味，就像久别重逢的朋友的一个拥抱……这样的小欢喜很容易，但是，积攒多了，都是生命中美丽的回忆。

去吧，把自己当成自己最珍贵的人去疼惜与呵护，不需要任何形式和理由。

去吧，去成全自己一次次的小欢喜，为生命的项链去慢慢累积一颗颗珍珠。

去吧，从现在开始，去聆听一次花开，品尝一顿美餐，相约一次久别的重逢……

光阴流转，不能忘却的是那隔山隔海的约定

"老师好！"一句异口同声的问候，把我从梦中唤醒。

昨夜梦里，我又梦见了那群曾经和我一般高低的孩子们……在足有上千人的大阶梯教室，我重新走上讲台为他们讲课。在他们充分的信赖和崇拜的目光里，我拥有了满满的自信。

梦里，仿佛隔世，却又如此清晰。在空灵的时光隧道里，我和他们相遇、交集。然后，我引领他们开启对未知世界的探索。在我的引导下，他们拥有了一个无比美丽、快乐、无忧的童年。

这一点我是确信的。

过去和现在，包括以后，我都可以无悔地说，那是一段没有任何功利的，为孩子们创造了一个走进知识、走向未来的生命旅程。身为一名老师，我从不以贫富美丑去看待孩子，他们每个人都能充分彰显自己的个性；我也从不用分数给他们定性，但是他们每个人都给自己树立赶超的目标；我从不强迫他们写作业，但是他们自己会主动让我布置一些课外作业；我从不要求他们德智体美劳全面发展，我只发现并深度挖掘他们每个人身上的闪光点……

在那段时光里，我们彼此充满信任与默契。我的一个眼神，孩子们就能明白我的心意；我的一个动作，他们就能配合得天衣无缝。

我从不要求他们必须如何，我只要求我自己，我要求自己去做一名自己能力范围内最好的老师。我在每一本教科书的扉页上书写着警示自己的话，并一直努力去践行：这世上没有笨孩子，只有不会教的老师；没有不可爱的孩子，只有不懂得欣赏美的眼睛。

那段圣洁的时光，至今仍是我最圣洁的回忆。在喧闹的尘世间，我们的相处美丽得不染纤尘，仿佛是一段传奇……

几度梦里重相逢。还是那样无邪的笑容，还是那样纯真的美丽，还是那种笃定的信赖……

是不是每一场相遇与分离，都是必然啊？

因为前世有过约定，所以今生相遇。

光阴流转，不能忘却的仍然是那隔山隔海的约定。

我一直相信，这世间所有的相逢都是必然的。

让能够相遇的我们，一起去创造一段这世间美丽的传奇……

人生路，慢慢走

在一个下着淅淅沥沥小雨的午后，我陪母亲出门办点儿不太急的小事。本来二十分钟的路程，我们走了六十分钟。

母亲一路催个没完没了。我朝母亲扮着鬼脸，边走边踢着路边的小石子，挑逗着路旁带着露珠的野草、野花，我蹦跳着，玩乐着，徐徐前行，根本不理会母亲的催促。

母亲无可奈何地说："你这孩子，那么大人了，还恁大的玩心，下着雨呢，快点儿好好走路。"

我说："不嘛！正因为下着雨呢，才要慢慢地走……"

结果因为这个被母亲看来最愚蠢的答案，让我又遭遇一顿嗔怪："你这孩子是不是真傻啊，有雨更应该快点儿走路啊……"我吐了吐舌头，不再吱声。

"天上下雨，走路应该快点儿。"这是母亲的逻辑。我的逻辑恰好相反。在这样一个初秋的时节，小雨淅淅沥沥，清风拂面，风儿吹来的都是田野里泥土的清香和田里秋果的甜香混合在一起的气味，这有多难得啊。换一身轻装，撑一把伞，踩着路边绵软的草地，慢慢走，多好啊。

慢慢走，我可以随时抬头看看路边的树，雨中的树叶，碧绿碧绿的，仿佛刚被刷上了一层新漆，绿得晃眼。

慢慢走，我可以随时停下来看看路边的花，千姿百态的花瓣被小雨洒上了一层水珠，愈发楚楚动人，争奇斗艳。

慢慢走，我可以随时停下来瞅瞅路边的建筑物，林立的高楼住着不同的人，单看各个阳台的摆设，就足以看出谁家的主人勤劳持家，谁家的主人慵懒散漫。

慢慢走，我可以随时停下来瞄瞄路边的行人。路上的男女老少，不管走得缓慢或匆忙，都有自己的姿态。从他们各自的走路姿态，以及与行人发生冲突时的处理方式，大概可以看出他的脾气性格与涵养。

慢慢走，我可以随时停下来眺望天上的雨，路上的天，以及飘在空中在风中飘摇的雨，还有……雨中焕然一新的世界，都值得我慢慢地去欣赏啊。

小雨淅淅沥沥的日子，我就是喜欢慢慢地走。慢慢地走，才能让心灵与思维跟上双脚的节奏啊。

飘雨的小路上，能偶遇许多的风光与美好，人生路或许也是如此吧。

我想，倘若我们能像农民挑拣粮食里的小石子一样，挑拣出偶尔遭遇的那些泥泞和坎坷，把它们扔掉，剩余的不都是鸟语花香吗？走在充满鸟语花香的路上，是不是慢慢地走，感觉会好一些呢？

人生路，慢慢走。偶尔停一停手头日夜也干不完的工作或家务，抬头看看窗前那棵茂盛苍翠的树，既能缓解眼睛的疲劳，还能预防颈椎病呢。

人生路，慢慢走。偶尔婉拒一次朋友的邀约，回老家看看思儿念女的老父老母，陪伴是最长情的告白。回去吧，所有的人都是见一次就少一次。当年他们盼你好，盼你有出息，可是你有出息了,就别让他们只能在孤独中把你遥望与思念。

人生路,慢慢走。

携一颗随时准备欣赏美好事物的心,必定会相遇更多的美好与惊喜吧?

人生路,慢慢走。就这样在淅淅沥沥的小雨中,在清风拂面的午后,在斜阳西下的傍晚,在晨曦升起的清晨,微笑着去感悟生命的美好……

慢慢走,慢慢走一段属于我们人生的美好的慢时光。

一个人，暖乎乎、欢腾腾、乐呵呵

凌晨五点，我在一只蚊子的嗡嗡声中突然醒来。顺着感觉一摸，胳膊上已被咬了几个大包。

抓了一下后不得了了，开启了痛痒的模式，睡不着了。

侧身抬头看一下窗帘外的天空，灰蒙蒙的，黎明刚刚破晓。于是，我安心地闭上眼思考人生。

想想这些年走的路，弯的、直的都走过。苦过、甜过、哭过、笑过，依然乐呵呵。也许，这才是人生该有的姿态吧。

回忆起这十年，是自己最能触摸真实生活的十年。时钟进入2019年的那一刻，我进入了一个人居住的第十个年头，十年前我果断地搬离了父母的家，真正开始了独立。

以前有父母的疼爱与庇护，十指不沾阳春水。一个人的生活，从认识锅碗瓢盆、油盐酱醋开始，一切都得从零学起，但我一点儿都没怕，这是我自己的生活，怕什么？自己能触摸到生活的味道，才算开启了真正的人生。

在父母的羽翼下，没有"断奶"的日子，我们都是巨婴。父母终归会老，我们终归需要长大，与其将来的某一天不得不在无奈中成长，不如主动地选择给自己"断奶"。我"断奶"的方式，不是被动，而是主动选择，力排众议，毅然决然地搬出去住了。

生活开启了自由模式，在许多人看来，应该可以为所欲为了吧。可是，我发现，我却比在父母监督下的生活还要"正规"。

在衣来伸手、饭来张口的日子，每天都可以有一百个懒惰的借口，可是，当你事事都需要亲力亲为的时候，我并没有像外人想象的那样，过得一地鸡毛、一塌糊涂，反而有条不紊，游刃有余。一周七天，每天雷打不动六点半起床做早餐，哪怕周末都没有赖过床。生活竟然像是机器定好的模式，按部就班地按着既定的程序进行。每天忙忙碌碌，也不亦乐乎。工作、做家务、健身、读书，一切井然有序，按点起床，按点休息，靠梦想唤醒下一个黎明。

这样的日子仿佛是一眨眼的工夫，十年了。

这十年里，天灾人祸都经历过。但是，除了外人强加的无法躲避的刁难，我从来不刁难自己。

除了在父母及七大姑八大姨的威逼利诱下，应付过无数次不得不相的亲，我也从不应付生活。

面对一个个"翘首以盼"的眼神，我也想过去谈一场他人期待的急功近利的恋爱，可是，事到临头，我就会仓皇而逃。因为面对一个话不投机半句多的人，我内心的恐慌会让我窒息。

一年又一年。一晃，就这么多年过去了。

在一个人独处的日子里，我终于理顺了自己的思绪，找到了生活的方向。

幸福在哪里？幸福不在幻想中。它在自己脚踏实地的努力中，在踏踏实实的内心里。当你真正靠近自己的心，触摸到内在的需求，才能真正靠近幸福。

某一年的有一段时间，外界的压力使我患了很严重的失眠。

在失眠的日子里，我感觉身体的各项功能都不能正常运转，所以趁周末我去做了个全面体检。检查之前，我告诉自己，做好一切准备：如果身体有恙，潇洒面对；如果身体无恙，以后想干啥就干啥，不必非得像孙子一样活在别人的眼光里。

趁活着。

趁自己还能好好活着。

体检结果出来后，身体的大零件都完好无损。出了医院，我就对自己说：臭丫头，算你走运。以后想干啥就干啥去吧。

只要自己好好的，就好。

不生病，不生气。

随遇而安吧，不要拧巴自己；别人拧巴你的时候，能躲得过的就躲，躲不过的能还击就还击，不能还击时，也要及时清零。

幸福不能指望任何人赏赐。每一天都要亲自去爱，而不需要假借于任何形式、任何理由、任何人。

一个人，把平常的日子过得暖乎乎、欢腾腾、乐呵呵。

好好活着，一切都好，一切终究都会好起来的！

看呐，今天的太阳已经冉冉升起……

长一条壁虎的尾巴

我长了一条壁虎的尾巴,随时用来应对人生的意外与风雨。

人生太漫长,路太难走。天灾人祸、委屈挫折、失意伤害,都在所难免,这是每个人成长的必经之路,没有谁能替代谁跨过这一段旅途。你既不能躲避,也不能矫情,越是艰难的旅途,越是需要你一个人默默地走,没有谁能替代你,也没有人能陪伴你。别人的安慰或陪伴,充其量只能是药引子,而不能当主食。当你面对困难与挫折的时候,他人不论怎样的感同身受,都只能是隔靴搔痒,都无法代替自己的感受。最终,也只有靠自己独自咀嚼消化并转化成能量,继续前行。

人生有太多的突然。即便你再好运,但是,有时候,你躲得过天灾,未必躲得了人祸。所以,还是在心中给自己长一条壁虎的尾巴。据说,壁虎的尾巴有三个作用,一是掌握平衡;二是遇到天敌的时候,可以把自己的尾巴扭断,得以逃生,过些日子还可以长出一条新尾巴来;三是依靠它们的尾巴防止从垂直的表面跌落。

我有一条壁虎的尾巴。对我来说,不管昨夜发生多大的灾难，明天就是新生。我让自己心向太阳。只要心向太阳，就能获得温暖和光明。人生的路再难都不可怕，挫折再大也不可怕，只要心不死，再深的泥沼都可以跨越。

我有一条壁虎的尾巴。不管遭遇什么，我都告诉自己，我可以面对。伤了的心也可以像壁虎的尾巴一样重获新生。最好的态度就是随遇而安。随时给心清零，是一种勇气，也是一种智慧。

让该来的来，放该走的走，该哭时哭，该笑时笑，不做作，不虚伪，这是我对待生活的姿态。

人间路跌宕，风雨躲不过。在自己的灵魂深处长一条壁虎的尾巴吧，让它拥有平衡与再生的能力，在面对艰难与危险的处境时，让自己依然能够勇敢前行……

人生，就是一场和自己的斗争

我们总是热忱地期待着明天。

想必每个人都一样，不管今天是怎样的处境，内心都会对未知的明天充满美好和幸福的憧憬。

这既是一种本能，也是一种积极乐观的生活态度。可是，不论你态度怎么积极，都阻挡不了意外的降临。意外是个不速之客，常常是不打招呼，不请自来。

一个亲属本来是临时检查心脏，结果意外地发现其他位置的肿瘤，当事人有点儿悲观，感慨自己命苦，身边的亲朋好友变着花样各种劝说。

我不会劝人，也不想劝人。我只是客观地分析原委，力所能及地帮忙。我对他说："如果我们换一种方式思考，是不是应该庆幸呢？庆幸幸亏现在'意外'地检查出来了，还能及时做手术切除。若不是现在发现，而是有了症状之后再检查，到时候成了不治之症了，岂不是更糟糕！"大家听了都觉得有道理。

其实，说到底，人生就是个哲学命题。凡事一分为二地辩证去看时，它就有不同的解题思路和答案。不管你是什么解题思路，事实都客观地存在着，但凡躲不过的，都得面对。既然都得面对，苦也是它，乐也是它。怎么办？除了面对，别无他法。

"摊上事儿"时，如果你还想让自己的生活有一点儿甜头，你就得自己给自己开脱，你就得朝"活路"上走，千万别走进"死胡同"。一旦走进了死胡同，你就钻进了牛角尖。当那个"意外"到你生命里来的时候，目的就是要苦熬你、折磨你、摧垮你。你若低头认输了，就能听到它得意的笑声；你若不认命、不认输，它的阴谋就不能得逞。

局外人习惯劝人说："想开点。"若是有人想不开，劝人者就会不无责怪地说："你看你，咋恁执拗呢？听人劝，吃饱饭。"

但凡这么说话的人，都是没有摊上事儿的人。你没摊上事儿，你当然可以说得云淡风轻了。

凡是经过事儿的人，往往看待问题都相对通透一些，他们常常懂得体谅他人。是啊，你若摊上与别人同样的事儿，未必有别人做得好，想得开呢。所以，劝人者不要责怪他人。若是能帮点儿忙就尽可能帮点儿；帮不了，你就站一边也不要说风凉话。我觉得，一个人最基本的善意是即使不能做到锦上添花，也不要落井下石，更不要给别人雪上加霜。

只有摊上事儿后，你才会明白，任凭别人的劝慰再动听，再言之凿凿，都是隔靴搔痒。所有的事，都需要当事人自己想得通、想得开，自己和自己言和。

我从不劝人"想开点"，因为想开需要时间。

这是需要当事人与自己斗争之后，才能完成并到达的一种境地。这种斗争，就是一个自我成长的过程，和年龄无关。不论多大岁数，不经历这个过程，就无法实现真正的自我成长，也无法真正说服自己，无法真正地放下。若要一个人想得开，除了时间和他自己，别无他法。

说到底，人生就是一场和自己的斗争。

你的生命延续到哪一天，斗争就会持续到哪一天。而且，任何的喜怒哀乐都是你自己的，与他人无关。所以，我们必须尽可能减少外界或外力对我们心绪的左右与影响。

不论日子多苦，我们都要努力笑着活，哪怕是苦笑。让所有企图"欺负"我们的一切"意外"落空，让所有企图打垮我们的"意外"成为妄想。

不论摊上什么事儿，都不要过早地给自己的生命下结论，用所谓的"命中定数"来给自己画一个框框，从而画地为牢。毕竟，还没到盖棺论定的那一天，我们不必坐在别人的经验里体会别人的人生，等我们真正到了那一天，自会有属于自己对生命的体悟。

有人说，我们每个人都是"从地狱来，到天堂去，路过人间"。路过，那就好好地走过去就行了。不管从哪里来，到哪里去，每一天都需要认真对待，认真体悟。不管生活多难，都要像人一样活着，活成人的样子，你就可以挺起腰来，大踏步地跨过人生的风和雨。

天灾人祸都不可怕，意外也不可怕，只要你在心里给自己一线希望，再苦的日子都可以挺过去……

落在生命里的一束光，让我鲜活地生长

每天被纷纷扰扰的世事塞得满满当当，没有留一点缝隙，令我无法呼吸。

于是，我习惯用熬夜来为这满当的生命凿个洞。

如果时间允许我从容地生活，我也不想熬夜。

这些年，熬夜对我的皮肤、健康和身体损伤很大。

我从小就熬夜。白天忙着上课、写作业，只有夜里，我才属于我自己。上课、写作业，那都是既定的任务，只有去做学习任务之外的事情，才是属于自己乐趣的范畴。

夜深人静，不受老师和家长的监督和监管，我躲进自己的世界，看书或写东西，我觉得只有这样的时刻，才属于我自己，才真正是触及灵魂的快乐所在。

长大后，参加工作了，白天的时间，基本上都属于工作，也常常因为工作加班熬夜。

可是，当忙完工作不加班的时候，我还是习惯熬夜。不熬夜，没有时间和空间面对自己，思想便无处扎根，生命便没有自由生长的空间。倘若生命失去了这点权利，那么，我认为我的这具身体也不过是行尸走肉而已。

这么多年来，我也不知道自己每天在忙什么，总是觉得时间不够用，精力也不够用。一不小心，就忙碌到了深夜。

父母知道我从小就喜欢熬夜，于是常常说我："要早睡，不要熬夜，熬夜伤身体。"

我的父母从来不期望孩子们大富大贵，他们关心和在意的只是孩子们的健康。

我记得小时候，我妈常常夜里起来拍我的门，说得最多的一句话就是："关灯睡觉。别学了，够用就行，别把眼熬瞎了，脑子学坏喽……"其实，熬夜的时间我也没有专门用来学习，有时候看看闲书，发发呆，自己一个人玩会儿就感觉很舒服。

不知道与父母一起生活的那些年，母亲究竟拍了多少次门，喊了多少次这样的话，话里藏了多少担心和顾虑，反正我还是一意孤行地继续熬夜。成年后，搬离父母的家，开始独自生活，我还是会熬夜。让父母最不放心的就是我熬夜。每次回家说得最多的就是："别再熬夜了，熬毁喽。"

我也知道熬夜不好，可是我得有属于自己的时间和空间，用来和自己的内心对话，和自己相处。

太阳隐去，夜幕降临，喧闹的世界逐渐归于宁静。我从睡眠的时间中去挤一点儿时间，匀给自己，任由自己支配，干点儿自己想干的事。哪怕什么都不做，就蹲在黑夜里仰望一下浩瀚的星空，听听墙角的昆虫鸣叫，也是生命的意义。至少这一刻，我真正属于我自己。

别让生命被世事填得那么满当，留一点缝隙，落点光进来照亮内心，照亮灵魂，哪怕就这么一丁点时间和空间，去做一些没有任何功利的事，去做一些旁人看来的无用功，和自己的灵魂对对话，握握手，让生命鲜活地活着，这就是最大的意义。

几十年来，我从睡眠时间中挤出来的那点儿时间，就像落在我生命里的一束光，让我的生命得以鲜活地生长。